TRATTATO DELLE PERFETTE PROPORZIONI

Vincenzo Danti

TRATTATO

DELLE PERFETTE PROPORZIONI

Di tutte le cose che imitare e ritrarre si possano

con l'arte del disegno.

All'Illustrissimo et Eccellentissimo Signor Cosimo de'

Medici, Duca di Fiorenza et di Siena

Firenze, 1567

ALL'ILLUSTRISSIMO ET ECCELLENTISSIMO

SIGNOR COSIMO DE' MEDICI

DUCA DI FIORENZA E DI SIENA

VINCENZIO DANTI.

Tutte le regole e precetti, illustrissimo Signor mio, come benissimo so esservi manifesto, furono ritrovate dagli uomini mediante la pratica e esperienza delle cose. E essendo che dai più giudiciosi e intendenti, particolarmente nell'arte del disegno, molt'opere antiche e moderne da essi state sono approvate di singolare eccellenza e perfezzione, sì come di quelle di Michelagnolo Buonarroti è intervenuto, che fra l'altre senza alcuna contradizione, per universale consenso di ciascuno, di maravigliosa bellezza e artifizio sono state giudicate; questo avendo io meco medesimo più volte considerato, mi dette molt'anni sono occasione di pormi con ardente desiderio a specolare e investigare intorno a tal opere, come e in qual guisa alla perfezione di tal operare, con qualche particolar regola e precetto, pervenire si potesse. Laonde avendo io, con quella diligenza e studio che per me s'è potuto maggiore usare, le dette cose minutamente osservate, e quelle ordinatamente descritte, giudicai effetto di candido animo il mio dover essere reputato, se quello studio che io con lunga e continova fatica ho conseguito per farne a me stesso regola, proccurassi che ad altrui con breve facilità giovamento e diletto porgere potesse. Conciossiacosa che, per voler conseguire questo mio intendimento, non pure m'è convenuto fare lunghissima osservazione e studio dintorno a molt'opere eccellentissime, antiche e moderne, oltr'all'avere più di ottantatré corpi umani anotomizzato (non connumerando quegli che da altri in diverse parti ho veduti tagliare); ma ancora necessariamente m'è convenuto proccurare d'avere non mediocre notizia d'una parte di lettere che alla contemplazione appartengano, per potere stabilire i fondamenti di quel le cose che in questo primo libro si contengano. Il quale viene a essere una introduzione di tutto il remanente dell'opera, che io mi son deliberato di publicare per l'oneste cagioni raccontate, avvenga che ciascuno vivente è in obligo di proccurare di giovare altrui. Né per altro effetto dagli altri vien da me separato, che per lo desiderio che io ho d'udire intorno a ciò il parere di quegli uomini solamente che il mondo approva con chiaro grido per giudiciosi e intendenti, e se essi tengono che questa mia fatica sia per arrecare giovamento e diletto ai professori di tal arte del disegno: la quale da voi, Principe invittissimo, insieme con tant'altre per la onorata protezione che di essa tenete, nel vostro fortunatissimo e felicissimo stato cotant o fiorisce e prende augumento.

Di questo primo libro adunque, qual egli si sia, ho voluto, com'arra di tutto il rimanente, farvene umilissimo dono, non perché io mi faccia a credere di darvi molto, o pure presuma d'accrescere chiarezza al vostro molto splendore; ma con solo proponimento che ciò sia interamente di mio obligo, e che questo debitamente di fare mi si convenisse, et in oltre perché mediante questi miei scritti (se voi per mia singolar ventura mai di leggergli vi degnaste) possiate conoscere se i precetti che sopra la detta scultura mostro d'avere osservati, saranno nelle mie statue in qualche parte adempiuti. Degnatevi adunque di gradire quant'io con ogni reverenza umilmente vi porgo, come cosa che vi vien data da servidore affezionatissimo e perpetuo, o più tosto come cosa che vostra è certamente; essendo che dall'infinito vostro valore interamente procede e nasce quanti frutti uscir si veggiono da tanti ingegni che in diverse professioni, mercé sola del vostro favore e sotto '1 vostro auspicio, si vanno esercitando, come di presente a me è intervenuto.

Di Fiorenza, a dì XXI d'Apri le MDLXVII.

TRATTATO DELLE PERFETTE PROPORZIONI

PREFAZIONE DI TUTTA L'OPERA.

Essendo stato parere quasi di tutti gli uomini intendenti, che Michelagnolo Buonarroti sopra ciascun moderno e forse antico, che intorno all'arti del disegno si sia con lungo studio essercitato, abbia con eccellente perfezzione condotto a fine l'opere sue, così di scultura come di pittura et architettura, come si può in dette sue opere apertamente conoscere; egli non dee alcuno maravigliarsi se v'ha infinita gloria et onore conseguito e sia per conseguire eternamente. La qual cosa essendo vera, che è verissima, io, che dalla costoro openione non sono lontano, ardirò d'afermare che, chiunche desidera alle tre arti del disegno per buona e diritta via incaminarsi, dovrebbe nella maniera che ha fatto quest'uomo eccellente, con ogni ardore alla perfezzione di quelle, per buoni e convenevoli mezzi, e non a caso, inanimirsi, cercando d'imitare con tutte le forze e potere il Buonarroto, che ha in esse così felicemente operato. E per vero dire, a me duole infinitamente non più per tempo della mia età essermi di esercitare il disegno risoluto: conci ossia che, avendo già passato ventidue anni e quasi il fiore della mia prima giovanezza quando, mediamente la cognizione e grandezza di tant'uomo, ad attendere a quest'arti et all'imitazione di lui mi disposi, non ho fatto quel profitto, né credo di poter fare giamai, che averei per aventura potuto fare, se altrimenti fusse avenuto, imitando la di costui bellissima maniera. Dintorno alla quale, ciò non ostante, quanto per me si potrà nel rimanente della mia vita ho proposto esercitarmi , tenendo sempre come uno specchio dinanzi agli occhi, sì come ho fatto insin qui con ogni diligenza, le bellissime opere sue, e quelle con la mente contemplando e, quanto mi fia conceduto, con l'opere imitando. Il quale studio non sarà, spero, sanza mio e forse di molti altri grandissimo frutto, poi che fin qui ha in me tanto operato, che mi ha fatto evidentemente conoscere a poco a poco, se io non sono ingannato, una vera regola et ordine particolare che da lui è stato osservato, overo che si può e dee osservare intorno alla perfetta composizione delle parti de' membri, che al loro tutto della figura umana si convengono. Della qual cosa essendomi, mediante la sperienza, in gran parte certificato, e veggendola ancora, per quello che molte ottime ragioni mi dimostrano, molto utile, non ho voluto, dall'amore spinto ch'io porto a queste arti et a coloro che in esse si affaticano, ch'ella rimanga in me solo, avendo massimamente, da che mi cadde a principio in mente questo concetto, cominciato a giovamento dell'arte a metter in iscritto et in disegno tutto quello che intorno a ciò mi è sovenuto.

Avendo dunque, con l'osservare l'opere di Michelagnolo e mediante una diligente notomia da me fatta di molti e molti corpi umani, già condotto questo mio intendimento a buon termine, mi sono risoluto farne parte a chi si degnerà con buon animo accettare questa mia amorevolezza. La quale non è altro che un trattato, nel quale si dimostra chiaramente come si possa con regola procedere dintorno a tutte le parti dell'arte del disegno; ma sopratutto et in particulare nella proporzione della figura dell'uomo. Il che è stato il primo e mio principale intendimento; certissima cosa essendo che, affaticandoci in questo particola re dell'uomo, si verrà in cogniz ione perfettamente di tutte l'altre parti che al disegno appartengon o. Perciocché io intendo di provare che fra tutte l'altre fatture, le quali sotto l'arti universalmente si trovano, questa della figura umana è la più difficile di tutte; e che dall'inte lligenza, come ho detto di sopra, della proporzione della detta figura dell'uomo si possono intendere perfettamente tutte l'altre proporzioni apartenenti alle nostre arti. La qual cosa si tratterà manifestamente in un particolare capitolo di quest'opera. E che ciò sia vero, da niuna altra cagione fu spinto il divino Michelagnolo a porre quasi tutto il suo studio e diligenza intorno al corpo umano, che dalla cognizione della perfetta et in tutte le parti compiuta et artifiziosa figuradi quello; apertamente veggendo che ogni altra imitazione et ogni altro composto è a esso corpo umano per sì fatta guisa inferiore, che è poco da curarsi di qual si voglia altra cosa che ritrarre si possa od imitare. Veggendo, dico, il Buonarroto con ottimo giudizio i pittori e scultori moderni, et anco, per quanto si può vedere, gli antichi, avere d'intorno a ognivaltra cosa conseguita e ritrovata qualche perfezione, ma nella figura dell'uomo non essere anco stata da niuno interamente veduta né conosciuta la sua perfetta proporzione, s'avide, senza punto ingannarsi, ciò non d'altronde poter essere avvenuto, che dalla difficultà del suo composto. Per che, come ingegnosissimo, quello che era forse per la sua difficultà non stato ardito né tentato da altri, volle

con bell'artificio e lungo studio ripigliare e metterlo in essecuzione; sì come fece ottimamente nelle sue non mai abastanza lodate pitture e sculture.

Le quali cose, come di sopra dissi, considerando, ho giudicato per ogni modo dovere essere ben fatto mettere insieme e raccorre tutto quello che intorno a ciò, mediante una lunga fatica e studio, m'è venuto nell'animo, per facilitare la via et il modo de l'operare a tutti coloro che si vanno nelle cose del disegno esercitando; e mostrare con quale instrumento e membro si possa conseguire il perfetto fine che in universale tutte le proporzioni delle nostri arti richieggiono, e quello in particolare della figura dell'uomo. La qual cosa non essendo, ch'io sappia, stata trattata da altri, e massimamente a proposito della scultura e pittura, né in quel modo ch'io spero di fare ricercando, quanto per me si potrà minutamente, tutto quello che a cotal materia apartiene, potrà, spero, questa mia fatica non essere se non utile e giovevole molto. Ma dell'architettura, però che molti antichi e moderni n'hanno scritto lungamente e fatto diverse regole et instrumenti da dovere nelle cose di quella essere osservati, io non intendo per ora altrimente di essa, se non quanto alle proporzioni apartiene, ragionare. E se bene può parere ad alcuni, quello che io tratto in questo mio libro più tosto convenirsi a uomini consumati tra gli studi di filosofia che a me, il quale non sono più che tanto esercitato in essi; spero nondimeno, per quello che si vedrà nel processo de' miei ragionamenti, dover essere più tosto come amorevole lodato che come prosontuoso biasimato. E per vero dire, se bene la poca pratica che io ho negli studii delle migliori scienze mi ha più d'una volta fatto rivolgere l'animo e il pensiero ad altro, e quasi tornare indietro; mi ha nondimeno dall'altro lato dato tanto d'ardire quella poca pratica ch'io ho dell'arte, e lo studio particolare che ho fallo dintorno a questo soggetto, che, confidato nell'aiuto di coloro che in alcune cose suppliranno amorevolmente al mio difetto, mi sono messo animosamente a seguire questa impresa. La quale, come sarà di non piccola utililà a me specialmente in quel lo che io spero d'avere, mediante la divina grazia, ad operare, così potrebbe anco esser agevolmente, come ho detto, anco all'universale non inutile né ingrata.

Rimane ora ch'io dica che, se bene sarò forzato alcuna volta in questo mio trattato a procedere con alcuni mezzi di filosofia, io non intendo però di volere essere sottoposto alle comuni regole o diffinizioni degli altri, se non in quanto mi sarà forza di loro servirmi in alcuno particolare, cercando che tutto si riduca a mio proposito e mi serva a quanto disidero di provare o dimostrare in questa opera. Conciossia che la mia intenzione è di fuggire, quanto più saprò e potrò, le cose superflue et impertinenti.

LIBRO PRIMO

CAP. I.

Che l'ordine è un ottimo mezzo a conseguire la perfetta proporzione dei composti nelle tre

manifatture, divine, naturali et umane.

Per dare dunque principio a questo mio trattato dico che tutte le cose che sono state fatte hanno avuto bisogno dei debiti mezzi; e che per ciò, cercando io d'un mezzo al mio proposito conveniente, ho trovato che l'ordine è all'intendimento mio di perfetta convenienza e perfettissima proprietà; e che non solamente è necessario per conseguire l'ottimo fine di queste no stre tre arti, ma ancora tutte l'altre di qual si voglia maniera. Anzi, tutte le cose che sono state fatte da Dio ottimo e grandissimo e che dalla natura continuamente si fanno, non solo sono state con il mezzo dell'ordine create, ma con il mezzo del medesimo si mantengono. Per lo che non sarà fuor di proposito sopra esso ordine andare discorrendo e, ricercando la sua diffinizione, veder dove egli principalmente e più perfetto si ritrovi, et oltra ciò quanto oltra la sua forza in tutte le cose si distenda; perciocché, conosciuto e praticato che l'aremo, molto meglio ci potremo di quello in tutte le nostre occorrenze e bisogni servire.

L'ordine adunque intendo che sia come una causa o vero mezzo, da cui dependano tutte le perfette proporzioni, e che non possa aver luogo in alcuna cosa la quale non sia composta di più parti; anzi bisogna che egli nasca da un composto di parti, nelle quali sia il prima et il poi, o veramente il più et il meno, e che egli faccia un composto d'una comisurazione di parti con il tutto e del tutto con le parti: il che è proprio dell'ordine. E che ciò sia vero, si truova che egli è così nei tre principali effetti di quest'universo, i quali sono: la fattura della prima forma di tutte le cose, la fattura degli effetti sollunari e la fattura degli umani. Che l'ordine, dico, sia stato il perfetto mezzo nella giusta composizione di tutte le prime cose, i cieli stessi e gli elementi lo dimostrano chiaramente con la commisurazione e corrispondenza loro in sé stessi e nel tutto dell'aggregato loro insieme. E che ciò sia si prova vero con l'effetto del tempo, il quale nasce dai moti delle sfere celesti; conci ossia che elle ci mostrano continuamente il loro viaggio essere giustississimo, cioè quello di ciascuna sfera in sé e quello del tutto di loro insieme. La qual cosa tanto maggiormente si mostra verissima, quanto è vero che, se in fra loro fusse alcuna sproporzione, nascerebbe alcuna volta disordine in esso tempo; il che non avviene giamai. Negli elementi poi piacque al grande Dio che, oltre all'ordinatissima loro composizione, vi potesse ancora aver luogo il disordine, per lo quale nelle cose elementari esso potesse cagionarsi. E questo si dee credere essere stato fatto non senza grandissimo misterio, e per due principalissime cagioni. La prima delle quali si è che, se gli elementi stessero sempre sotto un medesimo ordine, s'impedirebbe la generazione de' misti, la quale si fa con il mezzo del disordine. Ma cotale disordine ha finalmente ragione d'ordine. La seconda cagione si fu acciò che per un contrario fusse l'altro conosciuto; imperocché certissima cosa è che, se non fusse il disordine, non si conoscerebbe l'ordine: conciossia che il disordine naturale è mezzo a far conoscer l'ordine divino, et il disordine umano l'ordine naturale. Secondariamente si pruova che col debito mezzo dell'ordine sono fatte le perfette composizioni della natura, mediante l'opere stesse di lei. Però che, quando ella ha da generare alcuna cosa, s'ella commisura i dovuti mezzi ordinatamente di loro et il tutto di essi insieme, ella genera quello che intende di fare, perfettamente. Verbigrazia, se nel generare d'un uomo vi concorrerà conveniente parte di caldo et umido e di freddo e secco, conforme alla qualità del tutto di essa generazione, e conveniente altezza al luogo dove si genera, ne se guirà necessariamente che nascerà l'uomo perfetto a conseguire il fine suo; perciocché dalla giusta proporzione de' quattro umori nasce perfetta la proporzione di tutti i membri. E per lo contrario, quando non sono secondo la giusta proporzione, ciò procede perché i detti caldo, umido, secco e freddo mancano di quella ordinata e giusta commistione detta di sopra. E così la cosa che sarà generata sarà imperfetta o perfetta, secondo che più o meno averà peccato in alcuno dei detti umori. E per questo si prova che l'ordine et il disordine si trovano nelle cose della natura. Onde possiamo dire che quegli uomini, i quali sono più degli altri proporzionati, sieno anco nella loro generazione stati più ordinatamente composti: e questi si chiamano belli, ma più o meno, secondo che la loro generazione è stata più o meno perfetta; e conseguentemente i brutti, per lo contrario e per la medesima ragione. E se bene è verissimo, né può negarsi, che pochissimi uomini si sono veduti e si veggiono, che sieno di perfetta e bene ordinata composizione (da che nasce la bruttezza o vero la manco bellezza), ciò adiviene non perché la natura non intende di far sempre le sue cose ordinatamente, ma perché con molta difficultà nella generazione convengono i misti, come s'è detto di sopra, in maniera che il generato venga ben proporzionato et ordinato.

La quale difficultà può procedere da molti accidenti; e prima dalla diversità de' luoghi nei quali si fa essa generazione overo il composto di essa, essendo molto difficile che s'acordino il maschio e la femina nella conveniente qualità e quantità della materia e nella conveniente capacità del luogo che la riceve. Ma posto ancora che questi si accordassero e convenissero in ciò fra loro agevolmente, gli accidenti della buona e cattiva aria, dell'abitazione, de' temporali, della stagione e dimolti altri possono similmente impedire essa perfetta generazione. Oltraché, nell'essere portato et alimentato dalla madre nel ventre, nell'essere partorito e finalmente nell'essere dopo il nascimento allevato e custodito malamente, può essere impedita la perfetta proporzione del composto. Insomma le cagioni et accidenti sopradetti fanno che pochissimi sono e sempre sono stati coloro che siano di perfetta compositura di parti fra loro et al tutto di loro corrispondenti. E come che questo avvenga in tutte le generazioni, si vede non dimeno più avvenire nell'uomo che negli altri animali, imperocché l'uomo non secondo la simplicità della natura vive et è ordinato nello alimentarsi e generarsi, ma secondo la sua libera volontà, che spesso fa nascere e cagionarsi il disordine. Et io per me sono di parere, che più sia cagione della nostra stemperata composizione il non bene usare l'arbitrio della volontà e il seguire più tosto i piaceri che la ragione, che da quello che possa venire dai cieli, dagli elementi e dalla materia non ubidiente; sì come avviene ancora alcuna volta ne' minerali e nelle piante.

Tutto quello, poi, che per accidente non si consegue nell'operazioni della natura, o sia per colpa nostra o per disposizione de' cieli, è senza dubbio niuno contra l'intenzione di essa natura; però che, quanto a lei, è manifesto ch'el la si sforza e fa quanto può il più perché l'opere sue conseguano la perfezzione nel composto, mediante l'ordine. La qual cosa si pruova, che, quando ha da generare un uomo, s'ell'ha poca materia e non può, per ciò, farlo di quel la perfezzione che vorrebbe in grandezza, gli dà almeno in numero tutte le membra che gli convengono; onde rarissimi sono quegli uomini ai quali, per natura, manchi alcuno de' membri: perciocché, come ho detto, s'ella, dove fa la sua generazione, truova poca materia o poco luogo, suol comporre tutte le parti piccole, e manca di lunghezza e grossezza più tosto che voglia mancare di numero. E così veggiamo ch'ella intende sempre di fare le sue cose ordinate e perfette, e che questo, e non altro, è il suo fine, al quale tende con ogni possibile diligenza. Per lo che possiamo conchiudere che l'intenzione della natura, come si è detto, nelle sue fatture sia il successo del perfetto ordine, e che, mancando, non è per sua colpa, ma per disposizione de' cieli o degli altri accidenti, de' quali si è di sopra ragionato a bastanza.

Ora, che il medesimo ordine si veggia nelle manifatture umane, non ha dubbio niuno, et agevolmente si può provare l'ordine essere in tutte l'arti il perfetto mezzo overo instrumento, mediante il quale ciascuna consegue il suo proporzionato fine, certissima cosa essendo che per lo conosciuto ordine delle cose celesti e naturali è stata dall'uomo prodotta e ritrovata l'arte; perciocché, secondo me, non è altro il fine dell'arti, cioè manuali, e particolarmente delle nostre tre, scultura, pittura e architettura, che una trasfigurazione, per dirla così, delle cose naturali, imitando la natura. E l'imitare non è altro che fare una qualche cosa in quel modo e come altri ha fatto o fa tuttavia. Se dunque la natura nelle sue operazioni consegue perfettamente il suo fine per mezzo dell'ordine, come provato abbiamo, pare che ne segua necessariamente che l'arte, imitando la natura, anch'ella per mezzo del medesimo ordine perfettamente abbia a conseguire il suo fine E così può dirsi che per questa conseguenza si pruovi a bastanza che l'ordine è il vero mezzo, o vero instrumento, col quale possono l'arti, e specialmente le nostre tre sopradette, conseguire perfettamente il loro fine.

E chi anco dicesse che l'arte, imitando la natura, viene a essere ordinata come è essa natura, e che, parimente, possa meglio conseguire il suo fine, non direbbe per avventura se non cosa vera e ragionevole. Perciocché l'uomo con la sua libera volontà può dominare, come si dice, alle stelle, sfuggire l'inclinazione de' cieli, e rimediare, opponendosi con l'intelletto e con la ragione, agli accidenti contrarii. La qual cosa non può fare la natura, essendole forza operar sempre secondo la disposizione de' cieli, e secondo che essi, come si dice, destinano, e che ella truova le cose, o sieno nella perfezzione o nella imperfezzione. Laddove l'uomo nell'arti può sminuire e allungare il tempo quanto gli piace, nelle sue manifatture fuggendo et aspettando l'inclinazione de' cieli, perciocché l'uomo, mediante l'intelligenza che dal grande Dio gli fu data, aggiuntavi il mezzo della sperienza, intende e conosce le cose; e può, conosciuto dove è il disordine, fuggirlo et accostarsi dove è l'ordine. Né può niuno negare che, quando l'uomo conosce onde procedano nelle materie, o naturali o accidentali che sieno, i disordini, non possa in alcun modo porvi conveniente rimedio, come si vede manifestamente, tra l'altre cose, col mezzo dell'arte, in quella dell'agricultura. Però che, purgata la materia della terra et i semi dalle superfluità che generano imperfezione, et osservati i debiti tempi di seminare e cultivare, si provoca la natura con sì fatti mezzi a conseguire in essi il suo perfetto fine; vedendosi apertamente che, se avesse per sé stessa a produrre i frutti et i semi, avverrebbe quello che si vede comune mente ne' luoghi inculti. Onde è manifesto che l'ordine può essere più perfetto nell'arte che nella natura, poi che l'uomo, conoscendo la imperfezione nelle cose naturali, può con l'arte sfuggirle e medicarle, accostandosi alla perfezzione .

E così avemo in questo primo capitolo veduto che cosa sia l'ordine, et in che modo è un perfetto mezzo, mediante il quale si consegue la perfetta proporzione nelle tre manifatture, divine, naturali et

umane; che nelle divine è in tutta perfezzione, e che nelle naturali et umane può essere perfetta et imperfetta; ma che più perfetta può essere nelle cose dell'arti che nelle naturali.

CAP. II.

Che il composto ordinato può essere facile, dificile et impossibile a mettersi in atto.

Et in che modo il disordine causa imperfezzione.

Può la perfezione del composto ordinato, del quale si è di sopra detto, esser al mettere in atto facile, difficile et impossibile. Facile sarà quando esso composto averà in sé poche parti; dificile, quando n'averà assai; et impossibile, quando la mente, composta nell'idea una imagine, o non averà

materia atta a ricevere quella forma, o vero la mano, per alcuna cagione, non la potrà mettere in atto.

Similmente la imperfezzione del disordinato composto può essere di più parti e di meno, locata sotto la facilità; perciocché il disordine, non aspettando artifizio, si può dire che sia mancamento d'arte o di altezza di materia, lasciando scorrere l'accidente a cui potrebbe resistere e contrapporsi.

Onde si può dire che egli altro non sia, circa l'azzioni umane, che una stracurataggine; e dintorno alle naturali, una disposizione di cieli accidentale et indisposizione, alcuna volta, delle materie; essendo vero, come dissi di sopra, che può l'uomo con il mezzo dell'artifizio antivedere il disordine

che può nascere, et a quello opporsi con oportuni e convenevoli rimedii.

Conchiudiamo adunque che l'ordine può essere facile, dificile et impossibile a mettersi in atto nei composti; e che il disordine può mancare di perfezzione ne' suoi composti in più parti, in meno parti et in tutte le parti.

CAP. III.

Che, come nelle cose naturali la più perfetta e più dificile composizione è il composto dell'uomo,

cosi nell'artifiziali la figura di esso uomo è parimente di tutte l'altre più perfetta e più difficile.

Ora, lasciando da parte le cose celesti, le quali non cascano, se non forse in piccolissima parte, sotto l'arte nostra, dico che, come fra tutte l'ordinate composizioni della natura la più difficile è il composto degli animali, e di essi l'intellettivo, per l'infinite sue quantità e qualità di parti che lo compongono, come si vedrà in suo luogo più apertamente; così nelle composizioni artifiziali, le quali medesimamente si fanno ordinate, quelle dell'arte del disegno sono le più difficili, et in particolare l'ordinata composizione della figura dell'uomo. Imperocché, se mi fia conceduto (che non si può negarmi) che la natura non ha la più difficile composizione di quella dell'animale intellettivo, che è l'uomo, e mi sia parimente, come essere dee, conceduto che l'arte debba imitare la natura, ne seguita necessariamente che l'arte, imitando, non abbia composizione ordinata più dificile di quella della figura dell'uomo, e che tutte l'altre siano meno di quella artifiziose e dificili;

e che perciò la composizione dell'uomo, fra le cose naturali, sia quella che ricerca maggior ordine nel suo composto, e che nell'artifiziali parimente la figura e imagine di esso uomo ha molto maggior bisogno che tutti gli altri composti, d'ingegno, studio, fatica e diligenza. Conciossiaché tutte l'altre hanno bisogno di tanto meno artifizio e sono tanto meno perfette e dificili, quanto più si

discostano da esso uomo o sua figura; come, per lo contrario, quanto più se gli avvicinano, tanto maggiormente portano seco difficultà et artifizio.

CAP. IV.

Che, mediante la cognizione de l'uso e cagione delle cose, sì conoscono quali in loro debbano

essere le perfette proporzioni.

Avendo infin qui veduto che cosa sia ordine et in quali cose egli universalmente si ritrovi, cercheremo ora in particolare di conoscere quali cose de' composti natural i siano di tutta perfezzione d'ordine, e quali manchino di perfezzione e sieno meno ordinate. La qual cosa si farà ricercando il composto del corpo umano, e minutamente ciascuna parte di quello, con il mezzo della cognizione delle cagioni delle cose, cioè veggendo a che fine dalla natura son fatte. Il che mi credo io, ci farà ottimamente conoscere la giusta misura della perfezzione de' membri di esso corpo umano, e parimente le sue imperfezzioni. Perciocché, per le ragioni già dette, conoscendo da che nascano le imperfezzioni, l'uomo vi può sempre artifiziosamente rimediare e fuggire il disordine, et acostandosi all'ordine conseguire il suo fine perfettamente. Il pittore adunque e lo scultore, imitando la natura in qual si voglia cosa, e massimamente nella figura dell'uomo, dee principalmente cercare, più che sia possibile, in esso corpo umano l'intenzione della natura: cioè a qual perfezzione ella desidera che il suo composto proporzionato arrivi e termini. Perciocché, così facendo, potrà esso scultore e pittore rettamente mettere in essecuzione anch'egli il composto della sua figura; e non solamente di quella del corpo umano, ma di tutte l'altre ancora che imitare e ritrarre si possono.

Avendo dunque dichiarato che l'ordine è sufficiente mezzo a conseguire il nostro intendimento, e che egli molto maggiore si ritruova nel composto umano che in qual si voglia altra cosa, la quale soggiaccia all'arte nostra; e che esso composto umano in niun modo si può meglio conoscere perfetto od imperfetto, che con la specolazione dell'altezza, la quale ha data la natura a ciascun membro: resta che ora io dimostri più apertamente, e con più facilità che sarà possibile, con qual via

e modo si possa conoscere in che consista la perfezzione e il perfetto ordine del composto dell'uomo o di qual si voglia altra cosa. E questo non sarà altro che un conoscere la bella proporzione di ciascuna parte in sé stessa e quella di tutte le parti insieme, che è il lor tutto. Le quali

parti generano un'armonia in cui consiste la bellezza de' corpi. Ma per meglio venire a cotale dimostrazione, sarà bene che, inanzi ad ogni altra cosa, andiamo discorrendo che cosa sia questa bellezza et in che modo ella consista o vero si veggia nelle perfette proporzioni, et onde nasca, poi, che le cose sì fattamente proporzionate ci piacciono e ci paiono belle. Veduto adunque che aremo primieramente di quella che apartiene all'uomo, vedremo poi quella di tutti gli altri corpi in universale.

CAP. V.

Che la bellezza propriamente si vede e risplende nelle membra

et altre cose atte a conseguire il loro fine.

La bellezza dunque del corpo umano non nasce o non si vede altrove che nelle perfette altezze, o vero proporzioni, di tutte le membra a tutte l'operazioni dell'uomo, le quali, ancor che sieno molte, hanno nondimeno come per loro maestra e principale quella dell'intendere; la quale nella generazione del corpo umano è di maniera considerata principalmente dalla natura, che tutte l'altre operazioni dell'uomo, come ministre, servono a essa altezza. E l'intenzione della natura è di far sempre il meglio, se bene alcuna volta dalle cagioni dette di sopra è impedita. A volere adunque che

l'uomo perfettamente intenda e, per conseguenza, sia perfettamente formato, fa di mestieri che i membri tutti facciano perfettamente l'operazioni loro. E per questa cagione coloro si appresseranno

più alla perfezzione dell'esser umano, i quali avranno le loro parti, così esteriori come interiori, fatte

in guisa che ottimamente opereranno quello a che sono state dalla natura ordinate. E così, chi bene considera quali sieno l'operazioni che all'uomo, quanto all'operare, appartengono, e conseguentemente con quali instrumenti, o sensitivi o motivi, possa il suo fine conseguire, intenderà

ancora come la figura di esso uomo debba farsi, a volere ch'ella aparisca bella e ben proporzionata.

Perciocché, come dissi, dal fine depende la bellezza; il che dimostra esser vero manifestamente la sperienza, conciossiacosa che quella mano è sopra modo bella, che fa perfettamente il suo uffizio, cioè il fine a che è dalla natura fatta et ordinata. La qual cosa si può di tutte l'altre membra e parti dell'uomo con verità affermare. Et in universale ancora belli conosciamo esser coloro che non sono per troppa grassezza inutili, né per troppa magrezza disseccati, debili e fiacchi, imperocché la giusta pienezza è cagione, come poco appresso diremo, delle ragionevoli operazioni, che servono, come ministre, all'intelletto. Tutte le membra, dico, delle quali è composto il corpo umano, sono fatte al servizio dei sensi esteriori e interiori; et i sensi esteriori al servizio degl'interiori; e gl'interiori al servizio dell'intendere. Onde, tutte le volte che le membra faranno, come di sopra ho detto, l'operazioni loro perfettamente, elle saranno ottimamente proporzionate et attissime all'uffizio e servizio che deono fare, perciocché la proporzione non è altro che la perfezzione d'un composto di cose nell'altezza che se le conviene per conseguire il suo fine. E di qui viene che nelle membra più atte a conseguire il loro fine si vede manifestamente risplendere la bellezza, però che nell'altezza loro consiste la proporzione, che è, secondo che a me pare, causa efficiente della bellezza corporale.

Ma qui bisogna venire alle distinzioni, conciossia che le proporzioni de' membri sono di molte e diverse qualità, poiché, per la differenza delle figure loro, si veggiono differenti le proporzioni e, per le differenti proporzioni, differenti bellezze; onde altra proporzione ricerca il composto e figura

della mano, et altra il composto e figura del piede. Et il medesimo si dice di tutte l'altre membra del

corpo che non sono simili e pari sì come sono le due mani, i due piedi, i due occhi e tutte l'altre parti che sono eguali e pari l'una all'altra. Quando adunque le membra averanno le loro particolari proporzioni e bellezze, et in tutta perfezione, e quanto apartiene all'uso particolare di ciascuna di loro, elle averanno ancora il tutto di loro insieme atto a essere proporzionato e bello. Ma è ben vero

che questo tutto ha bisogno d'un'altra variata proporzione di figura nel suo composto, la quale anch'ella è spartita in diverse parti e altre diverse figure. Perciò, sì come una bella mano ricerca la bellezza del suo braccio in proporzione con la sua bellezza, e tutto il braccio insieme vuol essere in proporzione col torace che lo sostiene; così parimente tutte l'altre membra del corpo è necessario che abbiano l'un con l'altro proporzione, infino che si giunga all'intera proporzione del tutto dì loro

insieme: nella quale proporzione, dico, risplende una bellezza composta di diverse bellezze o vero figure di bellezze. Perciocché in un corpo possono essere tutte le bellezze particolari di ciascun membro, et il tutto nondimeno mancare di quella bellezza che nel tutto insieme si disidera, e così non essere perfettamente bello; verbigrazia, possono in sé ciascuno esser belli una mano e un braccio, e nondimeno mancare, nella convenienza di loro insieme, di quella bellezza che doverebbe essere infra di loro. Onde bisogna avertire, come s'è detto di sopra, che la perfetta proporzione di tutto il corpo insieme ha necessariamente di bisogno (essendo composto di diverse parti proporzionate) che le dette sue parti abbiano anco infra di loro proporzione, acciocché esso tutto, composto di loro insieme, sia perfettamente proporzionato.

E che sia vero che questa bellezza delle membra nasca dalla perfetta proporzione, da questo si vede: che due accidenti, come accennai poco di sopra, sono contrarii al moto di tutti i membri del corpo umano. Uno de' quali, parlando naturalmente, è la troppa quantità di grasso e l'altro la troppa magrezza. Delle quali cose ciascuna genera, sì come è manifesto, bruttezza. Il soverchio grasso è d'impedimento perché occupa l'agitazione, et il magro è cagione di debolezza, che è contraria medesimamente al muovere. Ha la natura ordinato il grasso sopra tutte le membra, principalmente per tenerle umefatte; per ciò che i muscoli cagionando in sé, mediante il moto, calore, et il caldo per

natura risolvendo e disseccando — il che è contrario al moto —, si venga, per cotal mezzo della grassezza, rimediando alla troppa siccità, conciossia cosa che il grasso, essendo di materia umida et untuosa, tiene umefatti continuamente i muscoli. E per questo veggiamo esser necessario il grasso, ma in conveniente quantità, però che il troppo nuoce al moto con la occupazione, che egli fa, superflua, essendo che, per muovere alcuna cosa, ha bisogno d'agilità, che l'aiuti a conseguire il perfetto fine del moto. Adunque, se noi veggiamo che la troppa grassezza è contraria al perfetto moto, che è il fine principale di tutte le membra, e che il troppo magro fa il medesimo per la sua debolezza; tra questi due estremi è lodato il mezzo, cioè una certa mediocrità né troppo grassa né troppo magra, che si suoi dire comunemente carnosa e la quale [è] in tutte le membra che veggiamo essere di bella e giusta proporzione, e si genera dal temperamento de' quattro umori; i quali similmente sono cagione di tutte l'altre belle qualità.

E così, per queste cagioni, veggiamo apertamente che la bellezza de' membri del corpo umano sarà sempre maggiormente in coloro che più perfettamente saranno atti al moversi, e per conseguenza a operare secondo il fin loro.

CAP. VI.

Che la bellezza può aver luogo in tutte l'età dell'uomo, ma che
principalmente, come in suo stato,

risplende nella giovanezza.

Oltre quello che si è detto in fin qui della bellezza del corpo umano, è da sapere
che, se bene in particolare ella può aver luogo in ciascuna dell'età dell'uomo,
nella puerizia, nell'adolescenza, nel la gioventù e nella virilità e vecchiezza,
ella nondimeno ha il suo principal luogo et il suo perfetto termine nella
giovanezza, perciocché in quell'età il composto delle membra è arrivato al
perfetto termine di poter conseguire il suo fine. Onde in quel l'età risplende
più la bellezza che in alcuna dell'altre, anzi, la bellezza dell'altre etadi depende
da quella stessa della giovanezza. Imperocché, sì come può alcuno esser bello
nella fanciu llezza e nell'adolescenza, per essere cotal bellezza un principio di
quella perfetta , che è propria della giovanezza; così parimente la bellezza che
è in un vecchio non è altro che una declinazione di quella perfetta, che ha avuta
nel fiore della sua gioventù. E se molte volte si vede che uno, stato bello nella
fanciullezza, è brutto nell'adolescenza, et un stato bel giovanotto esser brutto
giovane, e cosi dell'altre età: questo non viene da colpa o difetto naturale, ma
accidentale, perciocché, come si disse di sopra, la natura intende di far sempre
quello che è più perfetto, nelle sue operazioni. Onde non ha dubbio che ella
disidera che colui che è

stato bel fanciullo sia simigliante bello in tutte l'altre età della sua vita, insino
all'estrema vecchiezza. E se ciò non vien fatto, non essa natura, ma alcuno
accidente, qual egli si sia, ne dee essere incolpato; però che, come si disse di
sopra, possono le voluttà, le cattive disposizioni dell'aria et i cieli esserne in
questo d'impedimento. E così avemo veduto che, se bene può essere la

bellezza in tutte e quattro l'età dell'uomo, la perfetta nondimeno è quella che
si vede nelle membra

della giovanezza, perché in quell'età è veramente la bellezza nel suo miglior
termine, et attissima a conseguire il suo fine.

CAP. VII.

Che la grazia è parte di bellezza corporale interiore.

Oltre la bellezza che hanno le membra dell'uom o, e tutto il compost o ben fatto e proporzionato, si vede in lui, et in molte altre cose parimente, una certa aggiunta particolarità, nella quale ci compiaciamo oltra modo. E questa chiamiamo grazia, et ha luogo in quasi tutte le cose dove è posta, ma non ha fermezza di luogo. E quello che è più, essendo stata molte volte veduta in uomini brutti, molti hanno creduto ch'ella non possa esser parte di bellezza, ma ch'el la sia una certa particolarità, la quale per sé stessa piaccia e diletti in tutte le cose dove sia veduta, o belle o brutte che sieno.

Questa grazia, dico, la quale eziandio si vede molte volte risplendere in uomini d'imperfetta composizione, è una parte occulta di bellezza corporale, la quale si fa conoscere per mezzo delle potenze intellettuali; onde si vede talvolta aver grazia un uomo per mezzo solamente della bellezza dell'animo come è manifesto a ciascuno. E ciò adiviene perché la bellezza dell'animo si può difondere in molte e diverse qualità d'operazioni e movimenti graziosi, i quali rendono grato l'aspetto di questo e di quell'uomo, ancor che sia [s]proporzionato e molte volte brutto nelle membra esteriori. Ma è da sapere nondimeno che la bellezza dell'animo non può apparire bella giamai, se le sue parti corporali del celebro, donde ella nasce, non sono di perfettissimo composto ordinate; perciocché tanto è bello l'animo, quanto sono belli gli organi mediante i quali egli si fa conoscere, conciossia che le perfette proporzioni delle parti del celebro, dove risiedono le potenze della mente, fanno che esso animo perfettamente e proporzionatamente opera in quelle sue azzioni, dalle quali depende la sua bellezza. E questa che noi diciamo bellezza d'animo, la quale non intendo io che sia, in universale, altro che il bell'ingegno e il bel giudizio, e questa bellezza dico corrispondere alla bellezza de' membri o interiori o esteriori; et in particolare poi si mantiene bella o diventa brutta, secondo che sono quell'opere che dal poter perfettamente operar dipendono, quando l'atribuisce o al senso o alla ragione. Ma propriamente la bellezza della quale intendo io è quell'altezza, che è nella mente, di poter ben discorrere e ben conoscere e giudicare le cose, comunche sieno, o bene o male, operate. Onde, se le parti interiori del celebro sono causa delle bellezze dell'animo allora che sono bene proporzi[on]ate; e se tutte le parti proporzionate son belle:

per la bellezza adunque delle parti interiori viene a nascere la bellezza dello splendore dell'animo, da cui depende la grazia. La quale, per queste cagioni, nasce da bellezza corporale, ma dalle parti interiori.

Avendosi dunque a figurare l'uomo o di pintura o di scultura, non ha dubbio alcuno che, oltre alla perfetta proporzione, si gli richiede, come cosa di grandissima importanza, questa grazia, e massimamente nell'attitudini e movenzie: perciocché, sì come il vedere un uomo far gesti e movimenti più graziosi che un altro ci piace e diletta, così parimente ci apportano molto piacere e diletto il vedere nelle figure et imagini di esso uomo alcune attitudini e movimenti esser dilettevoli e

graziosi: essendo, come ho detto di sopra, che questa cotal grazia ci dà segno e splendore della bellezza dell'animo. E quando si dice tallora alcuna cosa esser graziosa, la quale non è uomo, né di lui imagine o figura; possiamo dire che questa sì fatta grazia sia un ritratto della grazia, che vera e ferma non può vedersi, secondo il parer mio, se non nell'uomo. E ancor che possa essere, in molte cose che l'arte compone, un certa grazia, più in una che in un'altra; io dirò che questo venga per un

dono particolare dell'ingegno e del giudizio, che in alcuni degli artefici più, et in altri risplende meno. Né tacerò in questa parte che in molte delle sue opere è piacciuta alla natura la parità e conformità: il che non si può dire che sia altro che ut ile e commo do e che aggiunga bellezza: e per

questa unione di bellezza mediante la parità augumenta et accresce perfezzione all'altra, che nei membri particolari consiste. Ma è ben vero che questa parità non può conseguire il suo fine, se non ha in sé tre parti o vero tre parità: del sito, della figura e della quantità. Ma di questo si dirà lungamente nel libro del l'uso delle parti.

CAP. VIII.

Che le cose proporzionate, essendo belle, piacciono perché son parimente
buone.

Rimane ora che veggiamo per qual cagione le cose proporzionate più ci piacciano e paiono belle, che le sproporzionate non fanno. Intorno a che per dire la mia openione, due sono, credo io, di ciò le cagioni. L'una, cioè la principale si è uno instinto, datoci dalla natura, di conoscere et amare il buono, e per contrario odiare il cattivo; il qual buono, dico, depende dal sommo buono et il cattivo da quello che ad esso sommo buono è dirittamente contrario. E l'altra, per ciò che tutte le cose proporzionate sono, quanto al nostro proposito, belle, tutte le cose belle sono buone. Adunque le cose belle ci piaccino perocché l'amiamo come buone, essendoci il buono di molto commodo al vivere et essere umano.

Conchiudendo adunque diciamo che il fine dell'ordinato composto delle membra del corpo umano non è altro che esser atto all'operazioni umane, e che questa altezza genera una bella proporzione, per la quale veggiamo questa bellezza. Onde si potrà con verità affermare che, ogni volta che si vedrà un composto di membri esser atto a conseguire il suo fine, quello esser bello; imperocché sarà, ciò adoperando, necessariamente proporzionato. E questo è il termine che si ha da ricercare e conoscere: cioè una proporzione di membra che bene conseguiscano il loro fine. Perocché, ciò conosciuto, si potrà comporre la figura umana proporzionata in qual si voglia età dell'uomo.

CAP. IX.

Che il vero mezzo di pervenire alla cognizione delle perfette proporzioni
delle membra degli animali è propriamente l'uso della notomia.

Ma perché venire a questa cognizione non si può sanza una diligente specolazione delle parti del composto dell'uomo, è manifesto che non possiamo a ciò con altro mezzo arivare, che con quello della notomia; conciossia che, a volere esser capace delle membra del corpo umano, bisogna sapere che cosa è muscolo, vedere l'origine sua e da che nasca, e parimente in qual sito, quantità e figura si

ritruova. Et il medesimo che dico de' muscoli, dico dell'altre parti umane. Adunque dall'essercizio della notomia, come ho detto, è necessario che tutte queste cose appariamo e di loro veniamo in pienissima cognizione.

Il modo adunque che si dee tenere, per venire a questo effetto dell'annotomizzare il corpo umano, sarà poco differente da quello che hanno tenuto i medici per venire in cognizione delle cose dell'arte loro. Il che non è altro stato, che esaminare esso corpo dentro e fuori, et in tutte le parti porre diligente cura di speculazione. La qual cosa se bene parrà forse a molti impertinente e superflua, è da sapere nondimeno che, per venire a questo nostro sopradetto intendimento, bisogna

avere perfetta cognizione (come di mano in mano si potrà chiaramente conoscere) non solo dell'esteriore, ma dell'interiore ancora, non essendo possibile avere intera cognizione delle parti di fuori, se non si è prima capace di quelle di dentro. Perciocché a voler sapere che cosa sia muscolo, bisogna sapere che cosa sia sangue, di che egli si genera, augumenta e nutrisce. E che questo medesimamente sia vero in tutte l'altre parti, è manifesto: verbigrazia, chi vuoi sapere che cosa sia il moto de' membri, bisogna che prima sappia quello che sono i nervi, per esser quelli ministri del movimento; e così degli altri. Per le quali cose chiunche, bene operando, vorrà affaticarsi, conoscerà

e concederà, questa cognizione dell'interiore esser necessaria a chi vuoi perfettamente conoscere l'esteriore del corpo umano.

Ma se bene è vero, per le dette ragioni, che è necessaria la cognizione della notomia interiore a volere bene intendere l'esteriore, è anco vero nondimeno che nell'interiore ci basta brevissimamente trapassare, e somma cura e diligenza porre nelle parti esteriori, non solamente notando in esse la quantità, la qualità, le figure, i siti e moti loro, ma ancora specolando e cercando diligentemente l'uso delle parti. Del quale uso per venire in cognizione, cioè sapere a che fine esse parti son fatte e come servano; che in altra forma non potrebbono servire; e perché elle sieno di quella quantità, qualità, moto e sito: bisogna molto bene esaminare musculo per musculo, e poi membro per membro. E se bene questa considerazione parrà forse all'intelletto di troppa difficultà, il piacere nondimeno ch'ella promette nell'essere esercitata sarà tanto, che avanzerà di gran lunga ogni fatica.

Questa speculazione dell'uso delle parti, come ho detto, sarà la vera cagione che fa conoscere tutte le intenzioni della natura innel composto dell'uomo in particolare, et in universale di tutte l'altre cose, e quello che ella desidera e vorrebbe fare; e questo speculato e cognosciuto, scoprirà un termine stabile e preciso, dove si può a tutte le parti del composto e al tutto di esse insieme assegnare per ferma regola da comporre proporzionatamente, e non meno a esso punto si può ricorrere con le seste del giudizio, che al termine degli ordini dell'architettura con le seste materiali:

e questo sarà il fine del le perfette proporzioni.

Che la proporzione nasce e depende dall'ordine, e la diferenza che è tra loro.

La diferenza che è dall'ordine alla proporzione intendo che sia questa: che l'ordine solamente divide et accompagna le cose che vanno o prima o poi, o quelle veramente che sono o più o meno, come s'è detto, sanza guardare se quello che ha da essere o prima o poi, o più o meno, contenga o non contenga la sua debita quantità, cioè se la cosa che ha da essere più dell'altra, in quanta quantità le sia superiore; o vero se, quando una ha da essere prima dell'altra, quanta distanza ha da convenirsi tra loro. E così l'ordine intendo che non arrivi a questi termini, per non confondere, ma che a essi sì bene entri in luogo suo la proporzione. Imperocché essa proporzione è quella che ci dà norma e regola nelle distanze precise delle cose poste prima e poi, e delle quantità commisurate, che sono più e meno, e di quelle ancora che sono pari: conciossia che la proporzione propriamente, secondo il parer mio, non è altro che un modo di comporre le cose in guisa che l'una con l'altra convenga, e parimente il tutto di loro insieme con quelle, in alcuna misurata quantità o vero qualità, od alcun altro predicamento, secondo il fine a che la cosa si compone. E questa comisurazione può essere con la parità e similmente con la disparità. Ma la proporzione delle cose ineguali sarà sempre più artifiziosa e causerà maggior bellezza che non farà quella delle cose eguali; la qual cosa adiviene perché le cose ineguali portano seco la differenza, overo la varietà, più interamente che non possono fare le cose eguali giamai. La quale varietà è una delle princ ipali cause, mediante le quali appariscono i composti di maggiore e più rara bellezza.

Dividesi la proporzione (oltra la divisione che le dà la quantità e la qualità, o altri predicamenti) principalmente in diverse parti di qualità e diverse parti di quantità, o d'altri generalissimi. E, quanto al proposito nostro, più ci serviremo di essa proporzione nelle parti della qualità che in quelle della quantità, nella pittura e nella scultura; perché nelle figure delle cose tengo per fermo avere a essere meglio inteso che nelle quantità delle cose.

È diferente adunque la proporzione dall'ordine in questo: che l'ordine non intende ne' suoi composti misurazione alcuna, e la proporzione continuamente risguarda a qualche quantità o qualità di misura. Ma non è per questo (se bene non intendo che l'ordine proceda misuratamente) che non sia al proposito nostro conveniente come principio necessario di tutte le proporzioni, essendo che senza lui non si può venire in perfetta cognizione del comporre alcuna cosa, sì come non si può imparare, verbigrazia, la grammatica, se non si imparano prima i caratteri, o vero lettere e sillabe.

Che il modo d'operare nell'arti del disegno non cade sotto alcuna misura di
quantità perfettamente,

come vogliono alcuni. E che non si può ritrarre ordinariamente la figura
dell'uomo,

o di qual si voglia altra cosa naturale o artifiziata,

in quel modo che propriamente si vede, con perfezzione.

Avendo insin qui dimostrato l'ordine essere vero mezzo delle perfette composizioni, come causa delle proporzioni; in che modo egli si truovi nelle fatture divine, naturali et artifiziali; che può essere facile, difficile et impossibile ne' suoi composti; che la più difficile delle naturali è il composto dell'uomo; la bellezza nascere dalle cagioni per le quali sono l'umane membra destinate; che la grazia depende dalla bellezza corporale interiore; che, per venire alla cognizione de' composti perfetti et imperfetti del corpo umano, bisogna il mezzo della notomia; finalmente, veduto come l'ordine si commuti in proporzione, verremo ora mostrando in universa le: che il medesimo ordine proporzionato fa l'effetto istesso in tutti gli altri composti che sono subietto dell e nostre arti, il che non solo confermerà la nostra intenzione, ma ancora scoprirà agli altri il modo che deono tenere nel ritrarre et imitare ciascuna delle dette cose.

E non ha dubbio alcuno che l'arte del disegno può, con la pittura, con la scultura e con l'architettura, tutte le cose che si veggiono imitare o veramente ritrarre; e non solamente le cose celesti e naturali, ma l'artifiziali ancora di qual si voglia maniera; e, che è più, può fare nuovi composti e cose che quasi parranno talvolta dall'arte stessa ritrovate: come sono le chimere, sotto le quali si veggiono tutte le cose in modo fatte che, quanto al tutto di loro, non sono imitate dalla natura, ma sì bene composte parte di questa e parte di quella cosa natura le, facendo un tutto nuovo per sé stesso. Le quali chimere intendo io che sieno come un genere, sotto cui si comprendan o tutte le specie di grottesche, di fogliami, d'ornamenti di tutte le fabbriche che la architettura compone e d'infinite altre cose che si fanno dall'arte, le quali, come s'è detto, nel loro tutto non rappresentono cosa alcuna fatta dalla natura, ma sì bene nelle parti vanno questa e quell'a ltra cosa naturale rappresentando. Ma è da sapere che questo sì fatto modo d'imitare, se bene è stato messo in uso da altre arti, nondimeno niuna mai ha recato tanta utilità, vaghezza et ornamento al mondo in genera le et agli uomini privatamente, quanto le cose che nascono dall'architettura. Di che fanno pienissima fede infinite bellissime città e castella, che per utile universale l'architettura ha edificate e cinte di muraglie; et in particolare le bellissime case, palazzi, tempii et altri edifizii che si veggiono. E chi può negare che tutte l'altre cose che dall'arte si fanno non sieno a queste inferiori?

Anzi è da credere che dall'architettura, come da loro principale obietto, la maggior parte dell'altre abbiano preso esempio. L'arte adunque del disegno merita, non solamente per essere sopra tutte l'altre artificiosissima, di essere nobile tenuta; ma ancora perché sono gli effetti suoi, più che quelli di tutte l'altre arti, stabili e permanenti; oltre che l'opere sue, per lo più, sono fatte a ornamento et a perpetua memoria di fatti illustri degli uomini eccellenti, e non per necessità; la quale necessità suole in gran parte la nobiltà diminuire.

Quest'arte, dico, del disegno è quella che, come genere , comprende sotto di sé le tre nobilissime arti architettura, scultura e pittura, delle quali ciascuna, per sé stessa, è come specie di quella, conci ossia che per lo mezzo del disegno ciascuna di esse conseguisce il suo fine. E può l'una di queste senza l'altre essere esercitata, ma non perfettamente, però che molto meglio e con più perfezzione assai si metterà in atto ciascuna in universale, se dell'altra in particolare l'uomo sarà capace. Conciossia che l'una dell'altra si serve scambievolmente: l'architettura è necessaria alla pittura, la pittura all'architettura, e la scultura alla pittura. Ma se bene la pittura alla scultura e la scultura a l'architettura non sono necessarie, non è per questo che non possano l'una all'altra esser di giovamento. Per la quale cosa non è così facile, mi credo io, il determinare quale di queste tre arti si possa dir veramente più nobile; poscia che chi vuole con perfezzione esercitare ciascuna di esse, è forza che si serva dell'una e l'altra di loro. E se bene tra loro si trovano diverse differenze circa l'istesso operare, poco ciò importa, perché il fine di ciascuna è comune all'altre, essendo che il fine della pittura e scultura è imitare tutte le cose che si veggiono; e se il modo è differente, io non credo per questo che meriti molta distinzione di nobiltà. Ma è ben vero che l'architettura, perché compone le cose da sua posta, cioè non imita nella maniera che fanno l'altre due, sì come è detto, pare che sia di molto maggior artifizio e perfezzione; ma non già oggi, che sotto tante regole, ordini e misure è stata ridotta, le quali la rendono facilissima nelle sue esecuzioni. Quegli antichi primi ritrovatori di tanti begli ordini, con tanti begli ornamenti e comodità, furono quelli i quali si può dire che fussero in ciò di grandissimo ingegno e giudizio, e che allora essa architettura per i suoi esecutori fusse nobilissima e molto artifiziosa. Ma, come ho detto, in questi tempi quasi ognuno che sappia tirare due linee può fare l'architettore, rispetto alle regole di sopra dette. Ma non così interviene alla scultura et alla pittura, alle quali non è mai stata formata regola niuna che possa facilitare veramente questa loro imitazione; e massimamente dintorno alla figura dell'uomo, il quale di tanta difficultà di composto si vede.

È ben vero che alcuni antichi e moderni hanno con molta diligenza scritto sopra il ritrarre il corpo umano; ma questo si è veduto manifestamente non poter servire, perché hanno voluto con il mezzo della misura, determinata circa la quantità, comporre una loro regola: la qual misura nel corpo umano non ha luogo perfetto, perciocché egli è dal suo principio al suo fine mobile, cioè non ha in sé proporzione stabile. Perocché, come dissi nel capitolo della bellezza, la puerizia e l'adolescenzia vanno continuamente crescendo in sino alla gioventù in proporzione, e poi, più presto che no, scemando insino alla vecchiezza: tal che i membri non hanno fermezza, alcuna; conciossia che altra proporzione ricerca la puerizia che non ricerca l'adolescenza, e l'adolescenza che la gioventù, e così di mano in mano, come abbiamo visto nel medesimo capitolo. E per questa mutazione la misura determinata, circa la quantità, non ha luogo stabile né preciso, come ella ha di bisogno. Ma è ben vero che, se detta misura potesse essere in una di queste età di tutta perfezzione, si potrebbe dire che a tutte l'età dell'uomo si potesse dare una particolare misura. Ma si vede che né perfettamente né appresso in alcuna di quelle si può usare: perché, dato ch'ella desse a tutte le membra una assegnata misura, a ciascuno per sé et insieme al tutto di loro (il che ancora si può negare), dirò che tutt' i membri principali variano e di lunghezza e di grossezza nel moversi, come apertamente ciascuno per sé può vedere; di maniera che, avendo noi bisogno, quando in una attitudine e quando in un'altra, di adoperare il corpo umano, non può per questa varietà questa cotale misura attuale servirci, come dependente dalla quantità. E di più, come io dissi, si può negare che per alcun membro possa giustamente ricevere misura, perché una cosa che si ha da misurare bisogna che abbia in sé o punto o linea; la qual cosa in niun membro del corpo umano apparisce precisamente, sì come è manifesto. Se, verbigrazia, si ha da misurare un braccio, et in esso la mano, e della mano le dita, dove sarà egli in queste parti il preciso termine che possa giustamente ricevere, come si conviene, la punta delle seste? Certamente questo si vede, che più tosto per apposizione che per misura si potrebbe esseguire. Talché vedemo apertamente che per questa via non si può condurre un composto di figura ben proporzionato; ma sì bene con la misura intellettuale vedremo di mano in mano questa artifiziosa proporzione del composto dell'uomo potersi misurare perfettamente, come si disse di sopra. All'architettura è stata facil cosa poter dar regole et ordini diversi per lo mezzo della misura, perocché, quanto alle fabriche, ella consiste di punti e di linee, alle quali facilmente si può procedere con la misura; ma alla pittura e scultura, non ricevendo esse precisa misurazione, non si è insin qui data regola alcuna che possa perfettamente intorno a quella operarsi.

Ma questo modo di ordine, che io disegno sopra ciò fermare, mostrerà apertamente una misura, per lo mezzo del giudizio, la quale in tutte le membra del corpo proporzionata si ritruova: e questa sarà circa la qualità. La quale cognizione si vedrà essere ottimo mezzo in tutte l'età, et in tutte l'attitudini e siti e gesti, a conseguire perfettamente la imitazione di esso corpo umano. E se alcuno, a ciò opponendosi, dicesse: "Se noi veggiamo queste due arti imitare la natura ritraendo o vero ricavando le cose di lei, non basta egli, se, verbigrazia, si ha da ritrarre l'uomo, veder quello e tenerlo inanzi e, come la natura l'ha fatto, apunto contrafarlo? E questo bastando, non sono l'altre regole superflue?"; a chi così, dico, dicesse responderei che la natura per molti accidenti non conduce quasi mai il composto e massimamente dell'uomo, come dissi nel secondo capitolo di questo libro, a intera perfezzione, o almeno che abbia in sé più parti di bellezze che di bruttezze. Né io so se mai si è veduta tutta la bellezza che può avere un corpo umano ridotta compiutamente in un solo uomo; ma si può ben dire che se ne veggia in quest' uomo una parte e in quell'un'altra, e che, così, in molti uomini ella si trova interamente. Di maniera che, volendosi imitare la natura nella figura dell'uomo e non essendo quasi possibile in un solo trovare la perfetta bellezza, come s'è detto; e vedendo l'arte che in un uomo solo essa bellezza potrebbe tutta capire; cerca in questa imitazione di ridurre nel composto della sua figura tutta questa bellezza, che è sparsa in più uomini, conoscendo essa arte che la natura disidera ella ancora, come s'è detto, di condurre il composto dell'uomo in tutta perfezzione, atto a conseguire il suo fine, per lo quale diviene perfettamente bello. E questo fa l'arte per fuggire l'imperfezzioni, come ho detto, et accostarsi alle cose perfette.

La qual cosa non solamente da Michelagnolo è stata conosciuta, che più d'altri ha intorno a ciò specolato, ma da infiniti altri cercata d'esequirsi nelle nostre arti: cioè cercato d'andare aiutando (sogliamo dir noi) il naturale con servirsi di diversi uomini, in ciascuno de' quali si veggia qualche diversa bellezza. E presa questa e quell'altra da questo e da quell'altro, hanno composta la loro figura più che sia stato possibile con perfezzione. La qual via e modo di fare è di gran difficultà e tedio; onde molti si vanno aiutando con le figure fatte da altri, o antichi o moderni, facendosi da sé stessi una maniera col continuo ritrarre questa e quella cosa. Ma Michelagnolo, che più di tutti gli altri ha essequito con perfezzione l'opere sue, s'avide molto bene questa strada non essere la vera e legitima. Perciocché conobbe egli che, se bene si fussero potute mettere insieme diverse parti di bellezze con facilità, per comporne una sola bellezza, cavate e ritratte da più uomini: che non mai arebbono potuto essere eguali di proporzione. Perocché, avendo provato che la bellezza cresce con l'età crescente e scemante dell'uomo, sarebbe necessario che d'una medesima età fussero tutti coloro, donde s'avessono a cavare queste parti di bellezza; il che pare quasi, per la gran difficultà, impossibile. E con queste ragioni si potrà rispondere all'opposizioni sopradette. Si potrebbe ancora di più addurre questa negazione, cioè dire, diversi uomini d'una medesima età non avere equali quantità di bellezze, ancor che talvolta ci paresse una medesima; perché, nel metterle insieme, sempre si vedrebbe qualche discordanza. Onde per queste difficultà, che sono quasi impossibilità, esso Michelagnolo si voltò forse a questo ordine, il quale per lo mezzo dell'anotomia bene esaminata io propongo; perciocché si legge che esso Michelagnolo dodici anni continui s'affaticò intorno all'anotomia, e per lo mezzo di essa specolando e discorrendo, come penso io, gli potè cadere nell'animo questo modo d'operare ch'io dico; e con questo mezzo credo esequisse le belle proporzioni nelle sue figure. La qual cosa, quando alcuno mi volesse negare, io proverò per la sua maniera questo ordine avere in sé facultà di poter mettere in atto le sue belle proporzioni e tutte le sue belle attitudini, insieme con tutto il resto di quello che alla bellezza dell'opere sue s'apartiene. Per questo adunque poco mi darà noia che altri mi nieghi quello che si può, senza pruova di quello che si niega, mantenere per cosa atta a conseguire il suo fine.

CAP. XII.

Che la proporzione può trovarsi in tutti i corpi inanimati.

Non mi pare che sia stato fuor di proposito l'essere scorso, ragionando, in quello che in queste poche parole ho detto, perciocché sono cose necessarie e molto apartenenti al mio disegno e proponimento. Ora, per tornare a dire universalmente di tutte le proporzioni delle cose che imitare o vero ritrarre si posso no, dico primieramente che ritrarre intendo io che sia fare una cosa appunto come si vede essere un'altra. E lo imitare medesimamente intendo, al proposito nostro, che sia fare una cosa non solo in quel modo che altri vede essere la cosa che imita, quando fosse imperfetta, ma farla come ella arebbe da essere in tutta perfezzione. Imperocché questa parola 'imitazione' non intendo che sia altro che un modo di operare il quale fugga le cose imperfette e s'accosti, operando, alle perfezzioni; e che il ritrarre abbia a servire solamente d'intorno alle cose che si veggiono essere, per loro stesse, di tutta perfezzione.

Tutte le cose che si possono imitare o ritrarre hanno bisogno di essere corpo visibile, essendo che l'uomo, mediante l'occhio, vede le cose e le imita, o vero le ritrae col disegno. Adunque, tutte le cose che vedremo avere corpo visibile, diremo che si possono imitare o vero ritrarre. E queste divideremo in tre parti: le prime saranno i corpi che nell'aggregato de' cieli appariscono insieme con due degli elementi; secondi saranno i corpi che la natura compone et ha composti de' quattro umori elementari; e le terze i corpi che de' corpi naturali l'arte transfigura. E in queste tre sorti di corpi consistono tutte le ordinate e di[sor]dinate proporzioni de' composti. I corpi dell'aggregato de' cieli si veggiono essere e si dee credere che sieno proporzionati in tutta perfezzione. I secondi, cioè i corpi che la natura compone o ha composti, possono essere, come s'è detto, con ordine di proporzione, et alcuna volta con disordine. I terzi, cioè i corpi che l'arte, delle cose naturali trasfigura, medesimamente, come io dissi , possono avere la proporzione ordinata e disordinata.

I corpi visibili celesti et insieme i due elementi, cioè la terra e l'acqua, si possono, nel modo che propriamente si veggiono, ritrarre. Et in questi non fa bisogno del modo dell'imitazione, perciocché non altrimenti di quello che sieno potrebbono essere più perfetti, come avemo provato. I corpi visibili, i quali abbiam detto che la natura compone et ha composti, divideremo in due parti, cioè in corpi inanimati et in corpi animati; e i corpi animati similmente divideremo in tre altre parti, cioè in vegetativi, sensitivi et intellettivi. E diremo che tutte queste specie di corpi possono avere ordinata e alcuna volta disordinata proporzione ne' loro composti. E sotto queste può aver luogo il ritrarre e l'imitare; ma il ritrarre massimamente in molti corpi inanimati che di tutta perfezione appariscono, come sono tra le minere de' metalli l'oro e, nelle minere delle pietre, le gioie. E prima, parlando delle proporzioni de' corpi morti o vero inanimati, spartiremo ancor loro in due sorti, cioè in corpi solidi et in corpi diafani o vero trasparenti; ma prima diremo dei solidi, sotto i quali sono tutte le specie de' minerali e di tutte le pietre che trasparenti non sono, e parimente tutti i cadaveri o vero schelati d'ossa; et oltre ciò tutte l'altre cose che stanno sopra la terra senza crescere o vero aumentare. Queste cotali cose, dico, possono essere proporzionate e sproporzionate circa il composto della loro materia e circa la loro figura. Quanto alle figure, fuori de' cadaver i e de' misti imperfetti, niuna altra cosa de' corpi inanimati puote per sé stessa avere determinata proporzione di figura. Ma qui bisogna avvertire che, se bene io mi servo di questo nome 'proporzione' nella qualità, il che forse altri chiamerebbe 'convenienza', io nondimeno intendo che per tale significato sia inteso. Le proporzioni adunque delle figure di ciascuna pietra, se bene alcuna volta variano, non è per questo che elle manchino di perfezzione. In quanto poi alla figura del composto di più pietre insieme, come si vede nelle cave o vero miniere loro, hanno una ordinata proporzione con certa misura l'una sopra l'altra compo sta, dalla quale si è cavato il modo di murare. E queste tali composizioni possono essere ordinate e non ordinate, perché sono di più figure naturali composte, nella maniera che sono similmente tutti i cadaveri e schelati d'ossa. Nei quali schelati, o almeno in quello del corpo umano, è necessario che la proporzione del tutto di essa e di ciascuna sua parte si esamini e cerchi minutamente, come vedrassi in un libro particolare dell'ossa. E questo basti circa la proporzione figurale.

Quanto poi alla proporzione del misto della loro mater ia, dico che ci sono de' perfetti e degl'imperfetti. Misti imperfetti sono quelli che si generano nell'aria; i perfetti sono tutti gli altri, i quali sono sotto la cosa, o dura o tenera, o bianca o negra o d'altro colore: che da questi due dependono. Ciascuna delle pietre, tra l'altre cose, hanno in sé queste qualità di composti: cioè colore e durezza, come, verbigrazia, il composto del marmo è atto a far pietra dura e bianca. Et in queste sorti di composti si vede manifestamente la proporzione ordinata et alcuna volta disordinata.

Onde, quando vedremo un pezzo di marmo di tutta candidezza e conveniente durezza, diremo essere il suo composto proporzionato, perché conseguisce il suo fine, che è l'esser bianco e duro.

Per lo contrario, quando vedremo un pezzo di marmo non di tutta bianchezza, e forse non così duro, diremo che non sia di perfetta proporzione di misto. E queste proporzioni di colori e di durezze nei corpi solidi hanno in diverse sorti di pietre un supremo grado, come dire: il supremo grado nelle pietre bianche sarà il marmo bianco, nelle rosse, medesimamente solide, sarà il porfido; nelle nere il paragone, e nelle verdi il serpentino; e così degli altri colori e durezze di pietre si vedrà di mano in mano il simile.

Il fine principale di tutte le pietre è propriamente l'essere dure e colorite: dure, perch'elle sieno permanenti; e colorite, perché si riconosca l'una sorte dall'altra. Dalle quali qualità nasce in loro quel tanto di bellezza che vi si vede. Perciocché i colori portano con esso loro vaghezza, e le durezze il lustro o vero risplendenza; le qual'amendue qualità si appropriano alla bellezza. E non ha

dubbio alcuno che, quanto più e lustrante e colorita sarà alcuna pietra, tanto più sarà bella nel genere suo. Adunque nella durezza e nel colore apparisce la bellezza delle pietre di questo genere solido. E se la durezza e color ita è il fine a che è fatta la pietra, ogni volta che più dure e colorite saranno, meglio conseguiranno il fine loro nelle specie che si trovano. Si vede dunque in questi corpi inanimati solidi di pietre, e parimente in tutti gli altri, che la perfetta bellezza loro nasce dalla perfetta altezza di conseguire il fine a che sono fatti.

I misti imperfetti poi, che dicemmo generarsi nell'aria, i quali si possono tra i corpi solidi annoverare, saranno la neve, la brina, le nuvole e le nebbie. La neve e la brina si dee credere che sempre abbiano in loro una medesima proporzione di misto, perciocché sempre appariscono della medesima qualità di bianchezza. E i nuvoli e le nebbie sono vapori raccolti e ridotti a termine di potere risolversi in acqua, e massimente le nuvole, che a questo fine particola re si generano; onde, perché il compo sto di questi può essere proporzionato e sproporzionato, ne segue che possono essere ancora atti e non atti a conseguire il fine loro. Laonde si potranno (ancorché vero sia che possono essere perfetti et imperfetti) ritrarre in quel modo che si veggiono, per le ragioni che nel processo de' nostri ragionamenti si diranno.

Circa poi le proporzioni de' corpi inanimati che dicemmo essere non solidi, ma diafani o vero trasparenti, si può dire il medesimo che si è detto de' solidi: cioè che sieno misti perfetti et imperfetti. Tra i perfetti (per discorrere prima di loro) piglieremo per esempio le pietre, sì come abbiam fatto ne' solidi, dicendo che in questo genere saranno dette pietre trasparenti, d'una qualità più, nel loro composto, che non sono le solide; conciossia che, dove le solide hanno il colore e la durezza, le trasparenti hanno non pur il colore e la durezza, ma di più la chiarezza o vero trasparenza. Le quali parti tutte, per le ragioni dette delle pietre solide, sono membra dell'apparente bellezza, perché sono altezze a conseguire il loro fine. Questa, dico, sorte di pietre trasparenti hanno il supremo grado, che è come genere di tutte l'altre specie di pietre; et oltre ciò hanno ancora tra loro il maggiore et il minore grado, come vedemmo pur ora avere similmente le solide.

Perciocché fra le pietre bianche il diamante è nel supremo grado di quel colore, e per durezza e per chiarezza, perocché non è dubbio che sopravanza i berilli e cristalli, che sono del medesimo genere.

Il rubino di chiarezza, durezza e colore, fra le pietre rosse di questa sorte, sopravanza i balasci, i granati e le spinette, che sono del medesimo genere che il rubino. Lo smeraldo similmente vince il grisolito e le plasme, che anch'esse sono verdi e sotto il medesimo genere. E così di mano in mano di tutte le specie di gioie e pietre trasparenti interviene. Hanno ancora quelle di maggior grado e quelle di minor grado fra loro diferenza di proporzione perfetta et imperfetta circa le loro qualità, perciocché un diamante, che è nel supremo grado delle pietre bianche, può esser anch'egli in sé stesso composto perfettamente et imperfettamente. Perfetto sarà allora quando si vedrà di buon'acqua e che non sarà d'altre cose impacciato; la qual bontà nasce dalla sua perfetta mistione di chiarezza, lustrezza e bianchezza. Et il medesimo adiviene ne' rubini, smeraldi et altre gioie, essendo che anch'esse possono essere di più e meno colore, di più e meno pulimento e di più e meno chiarezza. Diciamo per tanto che il fine di tutte le pietre trasparenti o vero diafane si è l'essere colorite perfettamente, perfettamente dure e perfettamente chiare, nel grado del colore, chiarezza e durezza in che si trovano. E quelle che conseguiranno queste perfezzioni, conseguiranno anco ottimamente il fine a che sono fatte, e, come dicemmo delle solide, si vedrà in esse compiutamente l'intera bellezza a loro conveniente.

Resta ora che diciamo de' misti imperfett i circa questi corpi diafani, i quali sono la gragnuola, i baleni, le comete, l'arco baleno, le pioggie, la rugiada e simili. Queste cose, dico, sempre si generano di perfetta proporzione di vapori, perché sempre si veggiono nella medesima qualità dell'essere loro. Onde si potranno queste sì fatte cose ritrarre semplicemente.

Di tutti i minerali e di tutte le sorti di terre colorite, e di ogni altro corpo, o solido o trasparente, che si trovi, si potrà provare, con le medesime ragioni che delle pietre si è provato, che, ogni volta che saranno atte a conseguire il fine loro perfettamente, perfettamente ancora saranno belle. E se alcuna volta vedremo qualche cosa non parere agli occhi nostri veramente bella, ancor che sia atta a conseguire il suo fine, si dee avvertire che cotali cose nel genere loro sempre saranno belle, come meglio vedremo di mano in mano. Perché non tutte le bellezze sono proporzionate agli occhi nostri.

Che e in che modo nei corpi vegetativi si trovi la perfetta proporzione.

Poi che, quanto facea bisogno al proposito nostro, si è ragionato de' corpi inanimati, andremo ora discorrendo dintorno a tutti i corpi animati e quelli divideremo in tre parti: cioè in vegetativi, sensitivi et intellettivi. Ma perché degl'intellettivi si è fatto discorso particolare, ragioneremo solo, al presente, de' vegetativi e de' sensitivi. Quanto ai vegetativi, i quali similmente divideremo in due parti, cioè in alberi et in erbe, diciamo primamente che sono cosi detti perché hanno in sé tre potenze che apartengono alla vita, che sono il generare, il crescere et il nutrire. E così tutte l'erbe e tutti gli alberi sono sotto queste tre potenze ridotti, perciocché generano, crescono e si nutriscono, come chiaramente si vede. Diremo adunque prima delle proporzioni dell'erbe, e poi di quelle degli alberi.

L'erbe sono specie d'arbori, ma sono di manco perfezzione di composto, perché gli alberi sono meno sottoposti agli accidenti a loro contrarii, che non sono l'erbe, come dire al troppo caldo et al troppo freddo. E però si può dire che gli alberi sieno in supremo grado all'erbe, sì come sono nel genere loro i corpi trasparenti ai solidi. Il fine di tutte l'erbe si è produrre perfettamente il seme, per mantenere la specie loro; e questa è l'intenzione della natura nell'erbe. E fa la natura ordinate le piante dell'erbe, composte di gambi e di foglie, acciò producano il fiore e poi il frutto, o vero il seme. E le foglie ha fatto a tutte le piante dell'erbe per più cause, ma principalmente per fare ombra alle festuche et alle sue radici, acciocché talvolta il troppo calore del sole non l'offendesse. L'ha poi fatte di variata figura di foglie e di composto di foglie, secondo la varietà del compo sto de' quattro umori: cioè alcune erbe partecipano più del caldo che degli altri tre umori, et altre più di freddo, et alcun'altre più d'umido o di secco che degli altri. E queste da quell'umore in cui più peccano pigliano il nome di erbe o calde o secche o umide o fredde. E secondo queste qualità d'umori ha la natura provedutole di qualità e quantità di foglie, perché a quelle che hanno bisogno d'umido ha dato le foglie grandi, perché possano meglio difendere e coprire la terra intorno alle radici dal troppo calore del sole; et a quelle che patiscono per lo freddo ha fatto le foglie di poca grandezza, perché il sole poco lor nuoce. E così di mano in mano dell'altre qualità d'erbe interviene. Onde possiamo dire che il fine delle foglie dell'erbe sia, per lo più, difendere il festuco e le radici di esse erbe dal troppo calore del sole, acciò alle radici non si risecchi l'umido radicale.

Aveva la natura bisogno del calore del sole, per tirar fuori l'umore della terra mediante il festuco dell'erbe, per conseguire il seme; ma a questo fare, se ella non avesse coperto esso festuco, o vero gambo, di foglie, et alla terra, che porge l'umore alle sue radici, fatto ombra, spesse volte si risolverebbe l'umore prima che venisse a conseguire il fine di produrre il seme. Le variate qual ità del composto dell'umore dell'erbe ha[n] bisogno di varia qualità del calore del sole, e perché questo, quan to al sole, non pote va essere né aveni re, però la natura con la qual ità e quantità d i foglie a tutte l'erbe ha dato la propria varietà di calore che loro si conveniva: imperocché con il mezzo di esse foglie quell'erbe più si difendono, e queste più lo ricevono, secondo che più a ciascuna bisogna. Alcune specie d'erbe hanno le foglie sottili e lunghe, onde è molto atto a risolversi e disseccarsi il loro umore; et a questo provide la natura con farle nascere insieme, e l'una vicina all'altra, acciò vengano l'una per l'altra a farsi sufficiente ombra, come sono quasi tutte le sorti di biade.

Veggiamo ancora tutte l'erbe essere di color verde, ma però diverse qualità di verdi, cioè alcuna di verde oscuro et altra di verde chiaro, e tra questi due estremi diverse sorti di verdi. Tutte le varietà de' colori dell'erbe, cioè di più chiare e meno chiare verdezze, procedono dalle qualità del composto degli umori. E da questo viene che l'un'erba è dall'altra riconosciuta, sì come ancora alla proporzione della figura o d'altra cosa. Hanno anco l'erbe variata proporzione di figura, circa il gambo, circa le foglie e circa il componimento di esse; cioè, prima, circa la proporzione della figura del gambo, ella sarà sempre più e meno, secondo che averà bisogno di più e meno quantità di foglie per fare ombra, come s'è detto, alle sue radici et a sé stesso. Quanto poi alla proporzione del componimento d'una foglia sopra l'altra o ramo sopra l'altro, che spesso si vede nella maggior parte dell'erbe, dico che quasi sempre si vide che la natura è andata componendo o ramo, o foglia che sia, interzando, cioè che sia un sì e l'altro no, con occupando dello spazio de' gambi in modo che sempre, o foglia che sia o ramo, nel crescere vada riempiendo il vano sanza che impedisca l'una l'altra. E da questo viene il gambo a conseguire con più ordine l'ombra che gli conviene. E così diremo che tutte quell'erbe che vedremo perfettamente conseguire questi fini sopradetti, cioè ciascuna secondo il grado de' suoi umori, sempre anco conseguiranno il fine della perfezzìone del seme loro, il che è il fine che in essi disidera la natura, e che le fa apparire nel loro genere di perfetta

bellezza. Medesimamente d'intorno ai fiori, frutti e semi di esse erbe si potrà discorrere, con le medesime sopradette ragioni, circa la loro proporzione: perché quel fiore sarà sempre più bello e proporzionato nel genere suo, che più perfettamente conseguirà il fine della sua qualità e quantità; parimente i frutti e semi, quando nel genere loro conseguiranno perfettamente le qualità e quantità che loro si appartengono circa il loro fine, saranno perfettamente belli. E questo basti d'intorno all'erba, fiori, frutti e semi.

Ora, perché resta, circa i vegetat ivi, che ragioniamo degli alberi, i quali dicemmo esser all'erbe in supremo grado, diciamo che anco gli alberi possono essere, sì come l'erbe, di ordinata e disordinata proporzione, secondo la perfetta e meno perfetta loro complessione; perciocché tutte le specie degli alberi, sì come le specie dell'erbe, sono sottoposte agli accidenti, e se bene, come s'è detto, sempre disidera la natura di produrre le sue fatture di ordinatissima proporzione, nondimeno l'accidente del luogo sottoposto a diverse qualità d'umori (oltre agli altri accidenti) può essere cagione, non confacendosi la qualità del terreno con la complessione della specie degli alberi, che non conseguano essi alberi la loro perfetta proporzione, secondo il disiderio della natura. E però, quando un albero non sarà di complessione perfetta ne' suoi misti secondo il suo genere, non sarà neanco di perfetta proporzione. E questo, come io dico, se bene può nascere da più cause, come ho detto, la principale è il luogo dove si fa la sua generazione. Laonde bisogna sapere qual sia il fine dell'albero secondo l'intento della natura, e, ciò sapendo, conosceremo quali sorti di proporzione d'alberi siano perfetti e quali imperfetti.

Più e diversi sono i fini della natura negli arbori, ma il primo e più importante è il produrre il seme per mantenere la loro specie, sì come ancora abbiamo detto dell'erbe, et a questo fine ha fatto all'albero il pedone composto di diversi rami, et essi rami composti di foglie, e le foglie di diverse figure e di diversi colori verdi colorite, che tra il verde oscuro e il verde chiaro consistono, come s'è detto dell'erbe, variando in ciascuna specie d'albero e di figura e di componimenti di rami, e di foglie e di colori. Questi fini ricercando, tirandogli a questa intenzione di produrre il seme, troveremo la perfetta proporzione in che consista, circa il pedone, rami, componimenti di essi, foglie, figura e colore. E cominciando dal pedone di tutti gli alberi, universalmente parlando, diremo che la natura gli abbia fatti a fini diversi, serventi al suo princ ipale, di fare che produca il seme; i quali fini universali son questi, cioè sostenere i rami, essere convenientemente capaci d'essi et esser come canali, per i quali l'umore che nasce dalle radici a essi rami sia portato, acciò eglino lo conduchino ai frutti et ai semi. Considerato dunque ciascuno pedale d'albero secondo questi fini, e veggendolo essere perfettamente dotato di queste qualità, e se altre applicare vi si possono, diremo quello essere secondo l'intento della natura et in esso nascere la perfetta proporzione. Circa i rami, considerato parimente a che fine anch'essi siano dalla natura stati fatti, troveremo che, essendo a questo principal fine del seme, saranno ancora causa d'abondanza di frutti. Perocché, distendendosi, i rami danno spazio in ciascun albero di produrre assai frutti; e producendo assai frutti, produrranno assaissimi semi. Si vede ancora che, come e' ramuscell i d'alcun'erbe difendono dal sole le loro radici, così i rami degli alberi difendono dal sole parimente le loro. E si vede ancora che la natura alza il pedone dell'albero sopra la terra insino a un certo termine prima che mandi fuor rami, il che crediamo ch'ella faccia perché, circa il difendersi dal sole e massimamente in questo clima, basta che ciò consegua quando esso sole è nelle più alte parti del cielo; perché allora riscalda maggiormente, mandando i suoi raggi sopra la terra per linee quasi — che hanno gran forza di riscaldare — perpendicolare. Perciocché quando nasce e si ripone, non ha forza di riscaldare superfluamente né, per conseguenza, di offendere, come la sperienza ne dimostra. Né ha dubbio alcuno che l'umore, il quale produce i frutti, era necessario che per i piccoli rami si assottigliasse e distillasse nel frutto, e le parti grosse lasciasse alle scorze de' rami et alle foglie per loro nutrimento.

Similmente i rami, dilatandosi sopra il pedone dell'albero, vengono a fare ombra alla terra che governa le sue radici, come s'è detto dell'erbe. Circa il componimento poi o vero ordine de' rami sopra il pedone, non ha dubbio che il medesimo modo d'interzare, come abbiam detto dell'erbe, non sia l'ordine e perfetto fine che in esso componimento la natura disidera: perocché vedemo, dove è troppa abondanza di rami sanza questo ordine, nascerne il produrre pochi frutti, il che è apunto contrario a quel che vuole la natura. Ogni volta, dunque, che vedremo i rami degli alberi distendersi e dilatarsi con ispazio conveniente alla quantità della grandezza del loro pedone, potremo affermare essi rami essere proporzionati e conseguentemente belli.

Dintorno poi alle foglie e quantità loro, sue figure e diversità di colori, che sono, come io dissi, tra il chiaro e lo scuro del color verde, discorrendo diciamo primieramente che la natura ha fatto le foglie per difendere i rami degli arbori dal troppo calore del sole et insiememente i frutti dalla troppa acqua e dalle tempeste et altri accidenti, più che sia possibile. Aveva bisogno la natura per sottili rami portare l'umor al suo seme, come si è detto, acciò per essi più sottile e raffinato passasse; ma la sottilità de' rami sarebbe stata facilmente vinta dal calore del sole, e risoluto l'umore che dentro vi fusse passato, se essa natura non avesse dato il rimedio mediante l'ombra delle foglie. Ha anco fatto le foglie di quantità e di numero, secondo che le specie degli alberi hanno avuto più e meno di bisogno, per difendere i rami e i frutti da qual si voglia accidente contrario. Ha fatto parimente le foglie di diverse figure, variando in tutte le specie degli arberi; et oltre ciò di più e meno chiarezza o vero oscurezza di verde, affine che l'una specie dall'altra sia riconosciuta; sì come ancora ha fatto nella varietà della figura intera dell'albero, onde conosciamo, verbigrazia, la differenza che è tra l'arcipresso e l'alloro. Tutti quegli alberi adunque, di qual si voglia specie, che averanno in sé questa qualità perfettamente, di poter condurre a perfetto fine il seme loro, il che è quello che la natura disidera, saranno per forza proporzionati e belli, come ben sanno gl'intendenti delle cose d'agricultura. De' fiori poi, frutti e semi degli alberi, come s'è detto di quelli dell'erbe, si può in essi parimente, per le medesime ragioni, trovare la perfetta proporzione e bellezza che nei loro arbori si è trovata, ricercando i fini che in essa la natura disidera.

E per questa via si caminerà, da chi vorrà perfettamente osservare la imitazione degli alberi, dell'erbe e de' corpi inanimati , de' quali prima ragionammo; cioè, chi vorrà imitare qual si voglia delle cose antedette, o in particolare o in generale, la via sarà, come io dico, l'andare ricercando le cagioni dell'essere delle cose, cioè nel genere delle cose visibili, le quali abbiam detto potersi e ritrarre et imitare. Ritrarre si possono tutte quelle cose che sempre appariscono perfette nell'essere loro; et imitare tutte quelle che possono essere per alcun accidente imperfette.

Perciocché lo imitare et il ritrarre intendo io che abbiano tra loro la differenza che ha la poesia con la storia. L'istoria scrive propriamente le cose come elle sono successe, verbigrazia, descrivendo la vita d'un particolare, la racconta apunto come ell'è stata, e questo è il proprio della storia, dire le cose per apunto come l'ha sentite o vedute. E la poesia non solamente le dice come l'ha viste o sentite, ma le dice come arebbono a essere in tutta perfezzione; e discrivendo essa poesia la vita d'un particolare, la racconta come arebbe avuta a essere, con tutte le virtù e perfezzioni che se l'appartengono. Parimente l'imitare et il ritrarre, che per queste arti si fanno, hanno i medesimi termini; cioè, che le cose le quali veggiamo essere perfette ritrarremo, e quelle che possono esser imperfette imiteremo, non le facendo imperfette come elle sono, ma in quel la perfezzione che arebbono a essere. Perché questo è quello che si arebbe a osservare in tutte le cose che il disegno mette in opera, cioè cercar sempre di fare le cose come dovrebbono essere, e non in quello modo che sono; però che molte volte sono imperfette. Si deve, dico, cercare in tutte l'opere delle nostre arti la perfezzione, perché tutte le cose, che sono nel genere loro perfette, sono ancor atte a conseguire il loro fine, e per questo sono e belle e proporzionate. Tutte le cose che sono belle piacciono, tutte quelle che piacciono si disiderano et amano, et il fine del nostro operare non è altro,

se non che le cose, le quali facciamo, siano atte a piacere, e conseguentemente a essere disiderate et

amate.

CAP. XIV.

Che così negli animali sensitivi, come nei corpi vegetativi et in quelli che sono senz'anima si truova la proporzione, ma di molto più artifizio, per le più parti che la compongano.

Ora, avendo a bastanza e lungamente favellato de' corpi inanimati e dell'erbe e degli alberi, verremo a dire oggimai degli animali sensitivi, i quali sono molto più artifiziosi che l'altre cose sopradette non sono; però che sempre saranno di meno artinzio i corpi inanimati che gli animati, essendo di molto più fatica imitare l'erbe e gli alberi che imitare le pietre et altri corpi senza anima. Perciocché, quanto più un tutto sarà composto di più parti fra loro differenti, tanto più ricercherà artifizio e maestria. Ma bisogna avvertire che cotali parti non solamente s'intendono circa la quantità, ma anco circa la qualità; onde maggior difficultà vedremo che ha l'imitazione dell'animale sensitivo, che quella de' corpi vegetativi, e poi molto più quella dell'intellettivo che quella del sensitivo, imperocché, oltre all'essere il loro composto fatto di più parti e tra loro differenti, ha di più il muoversi, il qual movimento di più parti d'un corpo accresce artifizio e difficultà, perché non solamente bisogna ben comporre le parti d'uno animale sensitivo o intellettivo, che corrispondano al loro tutto, ma ancora dare a quelle parti movenza et attitudine, secondo che sarà necessario.

Perocché non bisogna solamente saper comporre le membra con proporzione, verbigrazia d'un cavallo, ma saperle fare in atto di caminare, correre, saltare o altro simile, secondo che occorre. Ma questo ancora non basta, perché bisogna alcuna volta sapere comporre più animali insieme ad un effetto solo, come sarebbe in una caccia o altra cosa simile; oltre al componimento delle storie de' corpi umani, con prospettive di fabriche, paesi et altre cose che a cotale storia si richieggiano. E chi cerca di sapere o ritrarre o imitare, bisogna che di tutte queste differenze di composti sia capace e l'intenda.

I corpi vegetativi et inanimati non hanno in sé moto volontario, ma l'hanno bene sempre naturalmente nel loro crescere, et alcuna volta violentemente. Non ha dunque dubbio alcuno che di gran lunga si dee tenere molto più conto degli animali sensitivi che de' vegetativi e de' corpi senz'anima; perocché i sensitivi sono di più parti composti e di più qualità di parti, come abbiam detto, le quali arrecano più difficultà e ricchieggiono maggior artifizio. Si trovano anco molti animali composti di molte parti, ma sì fatte però che ciascuna d'esse è all'altra conforme e simile, come sono le penne degli uccelli e le squamme de' pesci, e di quelli animali che hanno assaissimi piedi. Questo numero di parti eguali di figure non porta seco difficultà, ma solamente tempo, perché

ciascuna di dette parti è simile all'altre, come sono ancora le due mani, le due braccia, i due piedi e l'altre membra che sono doppie e simili negli animali, le quali parti, per la loro somiglianza, sono facili a imitarsi nel loro composto; ma non già sono così le parte che sono fra loro differenti, perché nel comporsi un tutto di parti differenti l'una dall'altra, in modo che esso tutto sia atto a conseguire il suo fine, si ha difficultà, come ciascuno per sé stesso può imaginarsi e comprendere.

Verbigrazia, il composto del corpo umano sarà principalmente di cinque parti, cioè testa, torace, adomine, gambe e braccia, le quali tutte cinque sono differenti di figure. Similmente ciascuna di queste in sé stessa è composta d'altre parti differenti: come, per esempio, la testa è composta di fronte, d'occhi, di guance, di naso, bocca et altre, che similmente sono differenti in quantità e qualità. Anzi, che è più, ciascuna di queste parti minori è composta d'altre particelle, ancor esse fra sé differenti; onde l'occhio è composto de' suoi tre umori, acqueo, vitreo e cristallino, oltre alle due palpebre, ciglia et altro, che al medesimo servono. E così in tutte le parti sopradette della testa, e dell'altre di tutto il corpo, medesimamente si vedranno tutte queste diferenze di qualità e quantità, cioè ciascuna parte delle parti che compongono essa parte, e nel tutto di ciascuna delle cinque parti.

In somma, non è niuna parte, né parte delle parti di qual si voglia animale, o intellettivo o sensitivo che sia, che non abbia in sé differenza di figura, fuori che le duplicate gambe, piedi, occhi e simili, come s'è detto.

E così, avendo considerata questa varietà sì grande in tutte le parti che compongono il tutto di ciascuno animale (della quale varietà si parlerà a lungo nel libro delle cause delle figure), resta, come dissi poco fa, che veggiamo la varietà che fanno tutte le parti (oltre queste naturali) accidentalmente nel moversi e fare varie attitudini. Ma quanta difficultà aggiugna e quanto maggiore artifizio questo ricchieggia, lo lascerò considerare a chiunche in queste nostre arti s'affatica e con giudizio s'adopera. E, il tutto considerato, non gli parrà fuor di proposito se io proporrò in questo discorso la notomia di ciascuno animale che s'avesse a imitare: perché, a voler conoscere le cagioni di tante differenze sopradette, bisogna ciò fare per mezzo dell'uso di esse cose differenti; e, per venire in questa cognizione, bisogna esaminarle e cercarle, perocché, così facendo, si conseguirà tutto quello che senza la notomia non si può fare. Gli altri corpi vegetativi et inanimati, non avendo in sé moto né senso, non hanno avuto bisogno di tante parti né di tante differenze in loro, e, mancando di queste superficialmente in un certo modo, si potranno ricercare le cagioni dell'essenze loro, ma di tutti gli altri corpi, che in generale sensitivi sono, bisogna una diligente esaminazione dintorno all'esser loro, volendole perfettamente potere imitare, non potendosi, come altre volte ho detto, imitare la natura in alcuna cosa che non sia dall'imitatore suo conosciuta. È ben vero che, se io dicessi che di tutti gli animali che s'avessero a dipignere e sculpire fusse necessario far notomia (ancor che così fare si doverebbe), parrebbe cosa, per la grande difficultà, impertinente. Onde circa questo dirò che basti la cognizione di due o tre sorte d'animali sensitivi, perché nelli tre generi d'animali antedetti , cioè del quadrupede, dell'uccello e del pesce, le specie di essi se bene sono differrenti di figura, assai facilmente la cognizione dell'uno può dare notizia dell'altro. Oltre che in quelli, de' quali non si ha la notomia, può l'uomo servirsi del ritrargli, perché non sono tanto conosciuti che ogni minima differrenza gli faccia parer brutti e non proporzionati. E però, come diremo, basta aver notizia di tre o quattro specie d'animali per ciascuno de' tre generi che si diranno. E questo basti circa le differenze di questi corpi vegetativi, sensitivi e senz'anima, e dintorno alle cognizioni loro, e come si hanno a esaminare. E tornando dove io lasciai il principio del discorso delle proporzioni degli animali bruti o vero sensitivi, gli divideremo in tre parti, cioè in terrestri, in acquatili et in aerei. E prima parlando dei terrestri, gli partiremo in due, cioè in quadrupedi e quelli che quadrupe di non sono e sopra la terra camminano; ma prima diremo de' quadrupedi. L'animale quadrupede è sensitivo, e sensitivo vien detto per rispetto dell'anima, che ha sensitiva, la quale è differente dalla vegetativa per rispetto del senso: perché l'anima vegetativa non ha senso. Il quale senso è un tutto composto delle cinque parti sensitive, per le quali l'animale vede, ode, odora, gusta e tocca. E pochi animali sono ai quali manchi alcuno di questi sensi, e tutti gli animali, rispetto all'operazione di essi, hanno il composto del corpo in quella proporzione che loro si conviene, come s'è detto dell'uomo. Il fine del composto sensitivo di qual figura d'animale si voglia è di servire sufficientemente a tutte le operazioni de' suoi sensi, et il fine di detti sensi è di governare esso composto; perché per lo mezzo del senso il corpo si somministra il vitto. Di maniera che un fine e l'altro scambievolmente s'aiutano, et unitamente ancor essi hanno un fine, che è di mantenere la loro specie, e così insieme provocano la generazione e la conseguiscono, il che è quello che in loro disidera la natura finalmente. Intorno a questi fini aremmo universalmente in ciascun genere, e specie degli animali sensitivi, a ricercare le perfette proporzioni circa i loro sensi nella figura in che si trovano le loro membra, ma per discorrere in particolare è forza che si venga all'anotomia, con il mezzo della quale si viene a questa cognizione. E per questo, penso io, di questi animali terrestri almeno quella del cavallo diligentemente descrivere e mettere in disegno.

Negli altri due generi, cioè di quelli dell'aria e dell'acqua, ancorché paia che poco importi, farò notomia d'alcuno degli uccelli e d'alcuno de' pesci, mediante le quali notomie di ciascun genere si potranno universalmente conoscere le proporzioni, quasi che interamente, di ciascuna specie di detti generi. Ma chi volesse perfettamente ciascuna imitazione eseguire in qual si voglia animale, le membra del quale sono note all'uomo, è forza che a questo si venga col mezzo della notomia, particolarmente tagliando et esaminando quello che si cerca d'imitare, come ho detto di sopra. Tra gli animali sensitivi e quadrupedi è più necessaria questa osservazione, perché negli altri generi e specie, come sono i pesci, gli uccelli, le serpi et altri animali che non sono quadrupedi, è il loro composto di manco parti e manco differenti che non è quello di detti quadrupedi. E però non fa bisogno di tanta diligente cura, né di tanto esercitare per ciò la notomia. Ma per ora non diremo altro di detti animali di quattro piedi, né delle loro proporzioni, ma serberemo quello che resta a ragionare nella loro particolare notomia, mediante la quale parte per parte ricercheremo il fine loro per mezzo dell'uso di dette parti. Dirò bene in questo luogo, perché al presente fa di bisogno saperlo, che il cavallo (poniam caso), esaminandosi le sue operazioni, si vedrà che allora sarà tenuto bello e proporzionato dagl'intendenti di esso, quando le membra sue conseguiranno nelle operazioni il fine loro; il che medesimamente si dee intendere di tutti gli altri animali di quattro piedi.

Degli altri terrestri che non sono quadrupedi, come sono le serpi et ogni sorte di vermi (che non hanno piedi ma caminano mediante le scaglie e con moto ora disteso, ora raccolto, vibrando per terra), dico che questi si potranno ritrarre senza la fatica dell'imitazione, perché la proporzione loro quasi non mai varia nella specie sua; e se forse varia e tra essa è qualche differenza, l'occhio nostro non la discerne né conosce, rispetto alla poca pratica che si ha di loro. E noi non siamo obligati a porre industria con le nostre arti in quelle cose che non conosciamo più che tanto. E questo ci serva dintorno a tutti gli animali, de' quali o per piccolezza, rarità o poca pratica non abbiamo cognizione.

Circa poi le altre tante e tante variate specie di terrestri animali che non sono di quattro piedi, ma di più, dico medesimamente che non occorre se non ritrarre; perché, come ho detto, le loro proporzioni di più o di meno ordinata compositura non appariscono agli occhi nostri, essendo che è minima, e di pochissima importanza, la loro osservazione.

Ora, per venire agli altri due generi d'animal i, cioè a quello dell'aria detto volatile, et a quello dell'acqua detto acquatile, diremo prima del volatile, sotto il quale genere sono tutti gli animali che volano, i quali sono di moltissime specie e sono composti et ordinati anch'essi al senso, composto, nella più parte di loro, nelle sue cinque potenze, come di sopra. E se bene, come dissi poco inanzi, alle volte si vedesse alcun de' sensitivi mancare di queste potenze, cioè dell'odorato o dell'udito (perché degli altri tre non si sa che niuno de' volatili ne manchi), non sarà per questo che non debba fra i sensitivi connumerarsi. Perciocché, quando anco un animale non avesse se non una delle cinque potenze, si potrebbe chiamare ad ogni modo sensitivo. Diciamo dunque che tutti e' volatili, i quali sono ancor essi sensitivi, si deono in due sorti partire, cioè in uccelli, et in altri che volano e non sono uccelli. Uccelli si chiamano quelli che sono di penne vestiti, e di questi inanzi agli altri parleremo; e gli altri sono tutti quelli che volano e non sono vestiti di penne. Sono dunque gli uccelli composti di membri atti all'operazione del senso, et atti similmente al volare; e questi ha voluto la natura vestire di penne e piume, affine che, volando, si possano con brevità trasferire da luogo a luogo, essendo che infinite specie di loro di regione in regione ciascun anno si tramutano per fuggire il troppo caldo o il troppo freddo e per schivare ancora ogni altro accidente che mostra la natura esser loro nocivo e contrario: e questo è il loro fine universalmente. In questi, a volere conoscere l'ordinata e disordinata proporzione che può trovarsi in loro, è necessaria quella diligente esamina e considerazione che negli altri sensitivi s'è detto far di bisogno; perocché, essendo l'uccello animale sensitivo et il suo composto atto al muoversi, questo effetto del moto ha bisogno di veder le cause di esso moto, come dicemmo ne' quadrupedi, e per questo fare è necessaria la notomia, la qual cosa, come ho detto, Dio concedente, prometto non solo degli uccelli, ma degli altri due generi parimente. E se bene questa forse degli uccelli può parere impertinente, per essere essi coperti di penne che non lasciano vedersi i muscoli, non avverrà così quando di essi vedremo l'effetto; perciocché, se bene agli uccelli non si veggiono i muscoli, rispetto all'occupazione delle penne, non è però che non si veggia la bella o brutta composizione del tutto della figura loro. E però, ricercando le cause di qualcuno degli uccelli col mezzo della notomia, saremo capaci non solamente delle sue proporzioni in particolare, ma ancora ci aremo qualche poco di lume e notizia in tutte le specie degli altri uccelli in universale. Perché, conosciuto l'intento della natura nelle proporzioni de' membri atti al fine del volare principalmente, discerneremo ancora quale di esse proporzioni siano più e quali meno atte all'effetto del volo, e poi daremo a questo e quello uccello, che più o meno per natura ha il volo gagliardo, questa o quella proporzione che se gli converrà perfettamente. La qual cognizione a chi disidera fare l'opere sue perfettamente non parrà fuor di proposito. E questo basti per ora, quanto agli uccelli, perché se ne farà più lungo discorso quando fia tempo, nella lor notomia, nella quale si potrà chiaramente vedere le perfette et imperfette loro proporzioni; e che perfette saranno quando le membra di essi uccelli saranno atte a conseguire il fine a che l'uccello è stato creato; e, per contrario, imperfette quando non saranno atte a conseguire il loro fine. Quanto poi agli altri animali che volano e non sono uccelli, come sono i grilli, farfalle, cicale, pipistrelli e simili, che hanno l'ale e volano, e nondimeno non hanno penne né piume, dirò di loro quello stesso che dissi delle specie che non sono quadrupedi nel genere de' sensitivi: cioè che, per essere essi d'un composto, nel quale non possono gli occhi nostri discernere la differenza della loro perfetta o imperfetta proporzione, non è da tenerne gran conto; e per non essere ancora cotali animali di più importanza che tanto all'uso umano, si possono solamente ritrarre, senz'altra diligenza d'imitazione, come dal naturale si veggiono. Per questo, dico, non mi stenderò a ragionare più lungamente di loro, come di cosa superflua et impertinente.

Per vedere ora il terzo et ultimo genere degli animali bruti, cioè l'acquatile, sotto il quale sono tutte le specie degli animali che nell'acque vivono, gli partiremo in due sorti, cioè i pesci e gli altri che pesci non sono e vivono nell'acque. Pesci sono tutti quelli che fuori dell'acqua non vivono; e non pesci (ma sotto questo genere) sono quelli che stanno in acqua e possono nondimeno vivere fuor dell'acqua. Ma di questi, o siano della prima o della seconda specie, volere discorrere, e sopra le loro proporzioni, sarebbe cosa veramente superflua, quanto al proposito nostro: essendo che rarissime volte adiviene che sì fatti animali s'abbiano a dipingere o sculpire. E quando pur occorresse, il proprio luogo dove s'avessero a dimostrare sarebbe l'acqua, la qual cosa difficilmente si può fare; oltre che le proporzioni de i pesci che manifestamente ci sono noti sono in figura poco artifiziosa, perché non hanno in sé per lo più divisione di parte di membra: e però essa proporzione, o più o meno ordinata ch'ella sia, non è dagli occhi nostri né avvertita né conosciuta. E se bene si veggiono molti pesci di mare che sono artifiziosi di composto, perché rare volte, e quelle non universalmente, si veggiono, poco ci sarebbe d'importanza il ricavarle o imitarle. Onde a me pare che, se alcuna volta occorre dipingere o sculpire alcuno animale di specie di pesce, solo si debba semplicemente ritrarre dal naturale, poi che la proporzione loro, o più o meno perfetta, non è da noi conosciuta. Ma nonostante questo, non mancherò farne, a suo luogo, notomia, come ho promesso, essendo che potrà più presto giovare che nuocere.

CAP. XV.

Come nelle cose artifiziate consiste la perfetta proporzione.

Ora che dei corpi inanimati e vegetativi, sensitivi et intellettivi si è a bastanza ragionato circa le loro proporzioni, verremo brevemente a dire di tutti i corpi che in universale l'arte compone. E prima diremo che tutte le cose artifiziate sono composte d'altri composti dalla natura prodotti; e che i composti de e' detti corpi artifiziati possono essere e di perfetta e d'imperfetta composizione ordinati e messi in opera. Né può essere cosa composta artifiziata, che non sia propriamente manifattura, la quale abbia corpo e sia sottoposta al grande genere del fare o vero dell'azzione, e che parimente opera non sia. Et in questo caso porremmo differenza fra il fare e l'operare. Perché sotto il fare, semplicemente detto, intenderò tutte le cose, delle quali non resta dopo il fatto alcuna cosa di loro, che abbia corpo; e sotto l'operare, ancor che l'operare dependa dal fare, intenderò che sieno tutte le cose che dopo il fatto rimangono in essere in corpi visibili. Verbigrazia, dirò che sia cosa di opera una statua di marmo, perché rimane di questa fattura in essere la statua.

Medesimamente dirò che fare semplicemente sia il parlare, il movers i, e tutte l'altre cose che si fanno, delle quali non rimane dopo il fatto cosa che abbia corpo visibile. E se bene questo genere, che io propongo, del fare, sotto il quale sono tutte le movenze, non rimane dopo l'effetto suo in corpo od in materia; e tutte le cose che non hanno corpo o materia visibile, come sono gli affetti, non si possono ritrarre: con tutto ciò l'arte della pittura e della scultura di questo, circa le movenze, si serve, e le dimostra in opera per lo mezzo de' membri che esse movenze producono e mettono in moto. Verbigrazia, l'arte nostra può mostrare gli affetti d'un volto adirato con il moto delle ciglia o altre movenze a quello appropriate. E non meno in questo genere che in quello dell'operazioni possono essere i composti di perfetta e d'imperfetta proporzione nei generi stessi, sì come ancora nell'opere che di loro l'arte produce. E queste perfezioni et imperfezzioni circa loro stessi nascono dalla natura, o per meglio dire dagli accidenti, come s'è detto.

Quanto poi all'irnperfezzioni e perfezzioni, che ritraendo o imitando l'arte suol produrre e generare, da due cause possono nascere, cioè o dalla materia di che la cosa si compone, o dall'artefice che la compone. Tutte le cose che l'arte in universa le compone proporzionatamente, sono di perfezione d'artifizio e di perfezzione di materia composte. E quelle che non sono proporzionate mancano o di perfezzione di materia o d'artifizio, perché l'intelletto del perfetto artefice comporrebbe il concetto della cosa perfettamente, avendo massimamente le mani atte a metterlo in opera, ma la materia alcuna volta, in che ha da esprimere e dimostrare esso concetto, manca di conveniente altezza da potere essere espressa. Verbigrazia, lo scultore ha un suo concetto perfettamente composto nell'idea d'una figura da potere farsi di pietra, et ha le mani atte a fare simile opera, ma la pietra in che ha da fare la detta figura sarà, poniam caso, spugnosa, che non aspetta perfezzione nel ricevere il fine, come farebbe il marmo. Non potrà dunque esso scultore condurre la proporzione della sua figura interamente, e questo procederà dalla materia non atta a ricevere cotale perfezzione. Per lo contrario ancora talvolta sarà la materia atta a ricevere la perfezzione del composto della figura, ma non sarà l'artifice atto a comporre perfettamente nell'intelletto e fare l'idea della figura, e questo per alcun accidente della sua mente potrà avvenire, o vero le sue mani, ancor che la mente componesse il concetto perfettamente, non sarann o atte a metterlo in opera in quel marmo. E così per queste due cause, cioè o per colpa dell'artefice può nascere l'imperfezzione del corpo artifiziato, o per colpa della materia di che esso corpo si fabrica.

 Bisogna dunque, per condurre in tutta perfezzione il composto di qual si voglia cosa artifiziata, che convengano insieme perfettame nte il concetto, le mani dell'artefice e la materia in che si ha da esprimere esso concetto di una perfezzione di composizione, ciascuna per sé et il tutto di esse insieme.

Se vedremo adunque che i composti delle cose artifiziate possono essere perfetti et imperfetti, potremo dire che in esse cose vi abbia luogo il modo del ritrarre e dell'imitare, perché quelle cose che saranno dall'artefice state fatte nella perfezzione che loro si conviene, si potranno ritrarre come si veggiono. E quelle che mancassero di qualche perfezzione, si potranno con il mezzo dell'imitare mettere in opera. Perché, come io dissi, in tutte le cose che si veggiono nella perfezzione che hanno da essere, ritraendole come elle sono, si conseguisce perfettamente il fine della nostra arte. Ma in quelle cose che si veggiono mancare di qualche perfezzione, con la via dell'imitazione, che va considerando le cause delle cose e ritrovando i mancamenti e correggendoli, si potrà eseguire il vero e buon fine perfettamente. Delle manifatture che s'avessero a ritrarre, le più principali sono le fabbriche d'architettura, ma esse ancora possono essere perfette et imperfette; con la quale occasione mi distenderò alquanto sopra la detta diferenza, che è fra il ritrarre e lo imitare, nel seguente capitolo.

CAP. XVI.

Della diferenza ch'io intendo che sia tra l'immitare e ritrarre.

Il ritrarre sarebbe il perfetto mezzo ad essequire l'arte del disegno, se non fusse che queste cose, le quali la natura e l'arte produce, sono, come ho detto, le più volte imperfette e di qualità e di quantità, per cagione di molti accidenti. Tutte le forme della natura intenzionali in sé stesse sono bellissime e proporzionatissime, ma non tutte le volte la materia è atta a riceverle perfettamente, e sopra questo mancamento, che la materia il più delle volte non riceva la perfezzione della forma, si distende il modo dell'operare con la imitazione, come accennai nel principio. Il qual modo va prima considerando e discorrendo la intenzione formale nella cosa che la natura ha prodotta in atto.

E questa considerazione, o vero specolazione, negli animali sensitivi fa conoscere che si dee discorrere sopra i movimenti delle membra dell'animale, per le quali la natura ha dato tal figura a ciascuno animale nella loro specie. E questo conosciuto, si conoscerà ancora, per cotal cognizione, la qualità e quantità delle membra che si muovono nel fare o questa o quella movenza, et oltre ciò la propria e particolare proporzione di esse membra. La qual proporzione si vede ancora e si conosce dalle qualità e quantità che con esse membra si fanno; con vedere che quantità e qualità di forza, figura e sito si ricercano a questa et a quella movenza.

Queste cose, dico, si conoscono per l'esempio di essi movimenti che veggiamo fare agli animali, ciascuno secondo il suo genere perfettamente, perché in ciascuna specie tutta la perfezzione e de' movimenti e delle proporzioni de'suoi animali in questo et in quello si vede, come altre volte ho detto; conciossia che quale animale dimostra un membro e quale un altro in tutta perfezzione proporzionato, secondo il fine del moto di esso membro o sua parte, sì che dall'esempio delle perfette parti che nell'universale della specie di ciascuno animale si veggiono la nostra imaginativa compone il particolare, perfetto, proporzionato animale di qual si voglia specie nella sua mente. Al quale composto quando si aggiungono le mani atte a metterlo in opera perfettamente, sì come perfettamente si truova nel suo intelletto; e la materia a cui si ha da mettere in opera sia atta: perfettamente l'uso della imitazione conseguirà da qual si voglia artefice, scultore o pittore.

Per queste vie adunque, esaminando, specolando e discorrendo, si camina all'operazioni dell'imitare e si crea nella mente nostra la perfetta forma intenzionale della natura, la quale di poi cerchiamo di mettere in figura o col marmo, colori o altre cose di che le nostre arti si servono; e non solamente nella figura dell'uomo, ma ancora di tutti gli altri animali sensitivi, e corpi vegetativi, inanimati, e di tutte le cose artifiziate.

È ben vero che altra forma di discorso si adopera ne' corpi inanimati, vegetativi e artifiziati, et altra ne' sensitivi et intellettivi; e questo modo di discorso sopradetto si appartiene agli animali sensitivi et intellettivi. Il modo poi apartenente agli altri corpi è più facile assai, avenga che tutte le cose che non danno senso con molta più facilità si vanno contemplando e discorrendo nell'esser loro e nelle parti, proporzioni e figure, perciocché, mancando di senso, mancano di moto; che la più dificile specolazione che sia in questo genere è quella de' movimenti degli animali, per l'infinite diferenze e varietà loro, come s'è detto.

Il modo poi e la via che si tiene nel ritrarre le cose con gran facilità, rispetto all'imitare, si mette in opera. Perché l'artefice che vuole questa o quella cosa ritrarre, senz'altra specolazione o discorso dintorno all'essere della cosa, solo col mezzo della memoria va cercando quello che con gli occhi vede, et in questo caso la memoria si adopera, in quanto che, veduto una cosa, serba in sé l'imagine di quella, per quello spazio che le mani dell'artefice, con l'occhio insieme, si mettono a operare. E per questo si può dire che sia tanto differente il ritrarre all'imitare, quanto è differente lo scrivere istorie dal far poesie, come dissi di sopra; e che tanto più sia nobile e di più considerazione l'artefice che usa l'imitare, di quel lo che usa il ritrarre, quanto senza comparazione è più nobile et in maggior grado il poeta che non è l'istorico. Questa strada della imitazione adopera tutte le potenze dell'intelletto, caminando in questo affare per le vie più perfette e più nobili della filosofia, che sono le speculazioni e considerazioni delle cause delle cose. E questo è quello che nobilita et anticamente ha nobilitata l'arte nostra, cioè lo essere ella facultà dependente dalla filosofia e da alcuna dell'altre scienze, come meglio si vedrà negli altri libri. La quale arte veramente non si può con perfezzione alcuna mettere in opera, mancando della via della imitazione, perciocché, mancando di essa, manca di quella parte di filosofia che se l'apartiene. Ma il ritrarre non può avere in sé perfezzione di artifizio, se non depende dall'imitazione, né può essere buono un ritratto di mano di qual si voglia artefice, se non ha in sé qualche parte d'imitazione. Né si vede alcuno, che bene faccia ritratti di cose vive, il quale non sia di qualche perfezzione del tutto del modo dell'imitazione capace. Saranno molti, che bene disegneranno e ritrarranno alcuna cosa che vedranno di corpi inanimati, ma poi da sé stessi non faranno alcuna cosa che abbia perfezzioni. E questi così fatti no si possono fra i veri artefici delle nostre arti annoverare. Onde si vede che il ritrarre può essere di due specie: l'una si è ritrarre le cose, o perfette o imperfette che sieno, come elle si veggiono, e questa non si può amettere sotto il vero disegno; e l'altra si è il ritrarre le cose che si veggiono essere di tutta perfezzione. Ma molto più sarà perfetto questo modo, quando colui che ritrae sarà capace della via dell'imitazione. E così quell'artefice che col mezzo di queste due strade camminerà nell'arte nostra — cioè, nelle cose che hanno in sé imperfezzione e che arebbono a essere perfette, coll'imitare, e nelle perfette col ritrarre —, sarà nella vera e buona via del disegno. La differenza adunque che abbiam detta essere fra l'imitare et il ritrarre sarà che l'una farà le cose perfette come le vede, e l'altra le farà perfette come hanno a essere vedute. E questa è la diffinizione dell'una e dell'altra parte del modo di essequire l'arte del disegno, cioè del ritrarre e dell'imitare. Ma, tornando alle cose che son fatte da l'arte da potersi immitare e ritrarre, abbiam veduto che quelle si debbono ritrarre, che di perfezzione d'artifizio e di materia convengono; e quelle imitare, che di qualcuna di queste parti mancassero, dando loro tutta la perfezzione che ricchieggiono.

Essendosi in questo primo libro mostrato come in tutti i corpi che si veggiono può essere, et è in molti, la perfetta proporzione; e che tutti essi corpi allora saranno proporzionati e belli, che perfettamente conseguirà ciascuno il fine suo: ci resta in questi altri libri a trattare tutto quello che al nostro intendimento s'apartiene. Il che sarà che di grado in grado si pervenga a un fine perfetto di metter in opera con le nostre arti proporzionatamente tutto quello che loro si richiede. Nella qual cosa se, con quel modo che io propongo, ciascuno artefice procederà, ciò sarà un partirsi da una semplice e naturale pratica, et accostarsi all'artifiziale teorica.

Natura le pratica, dico, perché, se bene molti hanno in queste arti, fuori di Michelagnolo, conseguita qualche perfezzione, n'è stato causa il naturale giudizio et ingegno, mediante il quale hanno le loro opere forzato gli uomini a tenerle in grado di perfezzione. E questi son quelli che nascono, diciam noi, pittori e scultori; ma a tutti non interviene aver cotali doti dalla natura. Se costoro che veramente hanno l'instinto naturale, a quello aggiugnessero l'artifizio della scienza, come fece Michelagnolo, senza dubbio veruno farebbero maggior frutto, come ha fatto egli sopra tutti gli altri uomini. Per queste cagioni adunque mi sono messo a fare quest'opera, la quale, piacendo a Dio, spero in brieve condurre a fine: acciò coloro, che naturalmente nascono a queste arti, possano et abbiano commodità, con questo mezzo, di aumentare et accrescere alla loro inclinazione quello che di perfetto può aggiugnere all'arte lo studio della scienza: et acciò ancora coloro, che non sono a questo nati, ma hanno disiderio d'esercitarsi, possano anch'essi con qualche facilità incaminarsi a quelle e sforzare la loro inchinazione, che per qualche accidente avessero contraria: nel numero de' quali confesso io liberamente di potere essere conumerato, e per questo a me principalmente l'utile che di questa fatica, insegnando, caverassi dovrà essere di giovamento, come ho detto nella prefazione.

Sarà il tutto di questo mio trattato spartito in quindeci libri; che il primo sarà questo: come le proporzioni si trovano in tutte le cose che immitare e ritrarre si possano. Nel secondo si tratterà in particulare de l'ossa, et in generale un breve raccolto di tutta la notomia del corpo umano. Nel terzo si tratterà brevemente della notomia de l'interiore; nel quarto, de' muscoli della testa; nel quinto, de' muscoli che muovono la scapola, il braccio e la mano; nel sesto, de' muscoli che muovono il dorso, il torace e le abdomine; nel settimo, de' musc oli che muovono la coscia, la gamba et il piede, e di tutti questi muscoli si ragiona il numero, il sito, la figura e l'uso. Et in ciascuno di questi libri sono con disegno riportate, nel principio d'ogni capitolo, le figure loro. Si segue poi ne l'ottavo libro l'uso di tutti i membri del corpo umano; nel nono, le cause de le figure di tutte le parti superficiali; nel decimo, delle attitudini o ver movimenti; ne l'undecimo, de' segni degli affetti; nel dodicesimo, de le composizioni de l'istorie, e panni et altri abigliamenti; nel tredicesimo, l'universale de' paesi et animali bruti, e tutte l'altre cose ch'a' paesi si convengono; nel quattordicesimo, delle proporzioni de l'architettura cavata de la proporzione de la figura de l'uomo; nel quindicesimo, della pratica di questa arte in universale.

IL FINE.